Das Alte Forsthaus

1 Neun Uhr MORGENS

Phil fährt den holprigen Sandweg bedächtig, ein Schlagloch reiht sich an das Nächste. Der Weg ist nass, das Gewitter hat letzte Nacht ganze Arbeit geleistet. Das Wasser spritzt bis zur Fahrerscheibe hoch, obwohl es kaum langsamer fahren kann. Von weiten kann er schon das rot graue Dach des alten Hauses sehen. Der braune Schornstein ragt hoch in den Himmel, der jetzt tief blau aussieht und von der Morgensonne strahlend begleitet wird. Desto näher er dem Grundstück kommt, umso größer wurde das Haus. Er konnte schon das Auto vom Makler erkennen. Der bestimmt wieder diesen grauen Anzug an hat, der auch schon bessere Tage gesehen hat. Sicher wieder die Haare schon nach hinten gegellt. Das ist so ein schmieriger Typ, denkt Phil. Aber Björn hat gesagt, der ist gut und vor allem ist er nicht so teuer. Und was ganz wichtig war, er hatte dieses Grundstück im Angebot. Das etwas außerhalb der Stadt liegt, so wie es Phil schon immer gesucht hat. Ein altes Forsthaus.
Er parkt seinen alten grünen Ford genau neben dem Auto des Maklers, einem

schwarzen BMW X 5. Dieser Drecksack denkt Phil, so ein Auto der Schmierbauch. Durch die hängende Eingangspforte aus altem Holz, wo die graue Farbe schon verblichen ist, betritt Phil das Grundstück. Im Garten voller Unkraut und herrlich vergessenen Blumen, sieht er schon den Makler eine einladende Handbewegung machen. Er geht den schmalen Weg, welcher schon vom Gras und Gestrüpp eingenommen wurde, entlang. „ Da sind sie ja! Schlegel mein Name. War es schwer hier her zu finden?" reicht der Makler ihm die rechte Hand entgegen, in der linken hält er eine kleine braune Aktentasche. Seine Hand fasst sich weich und lapperig an. „ Gröber angenehm. Ach nein war alles gut. Nur der Weg ist etwas schwierig. Dafür ist aber dieses Grundstück ja genial und riesig." „Tausendzweihundert Quadratmeter und kein Nachbar weit und breit. Natürlich etwas müssen sie schon am Wildwuchs im Garten machen. Aber mit einem grünen Daumen und Liebe zur Natur, ist das in Handumdrehen ein wunderbares Gartenparadies." Phil dreht sich einmal im Kreis. Klar nur etwas am Wildwuchs machen. Hier hat doch schon seit Jahren keiner mehr auch nur einen Grashalm gemäht. „ Wie lange steht das Objekt schon leer sagten sie?"„ Sagte ich?" schaute der Makler ihn verdutzt an. „Na gut der Besitzer ist vor

6 Jahren gestorben und seine Frau lebt in der Stadt im Altersheim. Möchte unbedingt das Grundstück veräußert haben. Aber das Haus hat einen soliden Baukern. Massiv und robust, mit sehr viel Nebengebäuden. Wenn sie mir folgen möchten." Mit großen Schritten nimmt der Makler die Stufen. Phil folgt ihm vorsichtig. Die Haustür ist groß und schwer, die braune Farbe blättert schon in großen Fetzen ab. In Augenhöhe befindet sich ein verrosteter Türklopfer in Löwenkopfform. „Sie dürfen sich nicht vom Äußerlichen leiten lassen." Schließt der Makler die Tür auf. Beim Öffnen fällt Putz oder Staub vom Türrahmen. Schnell stell er seine Tasche hinter die Tür, um so beide Hände frei zu haben. Mit beiden Händen versucht er nun den Dreck aus der Luft zu wischen. „ Muss nur mal Staub gewischt werden." Kommt ihm das Husten an. Phil betritt zaghaft das Haus. Ein staubiger muffiger Geruch kriecht ihm in die Nase und unter seinen Füssen knarren die Holzdielen. Ein großer Eingangsbereich mit drei abgehenden Türen wird durch das einfallende Licht der Eingangstür sichtbar. Schlegel dreht sich etwas zu Phil hin.   „
Hundertfünfundvierzig Quadratmeter auf Sieben Zimmer verteilt. Ohne Heizung, aber schon mit WC und fließend Wasser. Ein großer Dachboden und auch Keller. Draußen

haben sie die Gelasse gesehen." Phil drückt den Lichtschalter nach unten. „Nein geht noch nicht, wird erst wieder angemeldet werden müssen. Aber lassen sie uns den ersten Raum betreten." Hat er schon die erste Türe geöffnet. Ein großes Zimmer mit einer weiten Glasfront als Wand, mit einer Terrassentür wird für Phil sichtbar. Schlegel zieht die Vorhänge nach hinten und die Sonne durchflutet den Raum. „Sehen sie, so viel Licht und dann der Ausblick." Öffnet Schlegel schon die Terrassentür. Phil ist begeistert. Sein Blick geht durch den hellen Raum und bleibt beim Kamin hängen. „Ja ein herrliches Stück dieser Kamin. Noch Handwerk und nicht das was man industriell kauft. Das ist noch mit Liebe erschaffen." Hat der Makler gleich Phil seine Begeisterung erkannt. Wohlwollend streichelt er sich über seinen etwas dicken Bauch mit einer Hand. „Nun mal ehrlich" schaut Phil ihn jetzt an, „Nun mal ehrlich, wo ist bei diesem Objekt der Haken. Damit der Preis so niedrig ist?" Schlegel grienst ihn an und fährt sich mit der Hand durch sein so schmieriges Haar. „Da ist kein Haken. Es ist ganz einfach. Das Objekt liegt weit von der Zivilisation, weit und breit kein Nachbar. Keine ordentliche Zufahrtsstraße und keine Heizung. Alles muss noch per

Öfen beheizt werden." „Tja aber trotzdem, irgendwas muss doch noch sein." „Lieber Herr Gröber, wenn ihnen, der Preis zu niedrig ist. Können sie mir gerne mehr bezahlen." Grient Schlegel nun wieder.
„ Nein ich kaufe es für diesen Preis, aber irgendein Geheimnis gibt es doch noch oder. Herr Schlegel raus mit der Sprache." „Lassen sie uns die nächsten Räume betrachten." Will Schlegel sich der unangenehmen Frage entziehen. „ Nun sagen sie schon!" läuft Phil hinterher. Schlegel hat schon die nächste Tür geöffnet und Phil folgt ihm. Ein etwas kleinerer Raum, der einen merkwürdigen Geruch verbreitet, liegt nun vor ihm. Schlegel öffnet die Vorhänge und gleichzeitig das Fenster. Dann dreht er sich zu Phil um. Dieser hat einen starren Blick auf den Fußboden gerichtet. Der Holzboden hat in der Mitte des Raumes einen dunkel verfärbten Umriss. Es sieht so aus, als hätte dort jemand versucht etwas zu entfernen. „Ist es das was ich denke?" schaut er nun zu Schlegel. Und der Geruch, ja es riecht nach Chlor oder Desinfektionsmittel. „ Naja ..." stottert Schlegel jetzt. „ Was ist das und was ist hier passiert? Sagen sie schon!" Schlegel dreht sich zum Fenster und betrachtet die mächtigen Kiefern am Waldesrand. „ Der Fleck ist Blut." Macht er wieder eine Pause. „Von wem? Von einem

Tier oder was?" will es Phil jetzt genauer wissen. „ Nein!" dreht sich Schlegel jetzt in seine Richtung. „ Der Hausherr hat sich hier erschossen."
„ Scheiße, das auch noch." Phil atmet erstmal tief durch. Und jetzt bemerkt er erst, damit unter seinen Füssen nochmal die fast gleiche Farbveränderung auf dem Fußboden ist. Nur damit dieser etwas kleiner ist. Schnell springt er zur Seite. „ Und was ist das für ein Fleck?"   „ Das ist die Antwort, warum der Preis.." stottert Schlegel. „ Oh Gott was ist hier passiert. Sagen sie schon. Aber alles!" ist Phil jetzt etwas erregt und fahrig. Schlegel streicht sich wieder durch sein Haar. „ Ich weiß auch nicht alles. Denke es war vor sechs Jahren im Winter. Es war abends als die zwei Brüder Maik und Bernd Kulmer auf der Flucht auf dieses Haus trafen. Sind da gerade aus dem Knast ausgebrochen. Besser gesagt, der kleine Bruder Bernd hat den großen Bruder Maik mit Hilfe eines Justizvollzugsbeamten zur Flucht verholfen. Haben sie damals bestimmt in den Medien gehört oder?" sah er nun wieder aus dem Fenster. „ Nein das höre ich zum ersten Mal. Erzählen sie weiter." Lässt Phil keine Pause zu.„ Jedenfalls sind sie in das Haus eingedrungen. Ich kann auch nur das sagen was mir erzählt wurde." Druckste jetzt

Schlegel unruhig. „Also man sagt, sie hätten den Vater und den behinderten Sohn in diesen Raum eingesperrt. Danach sollen sie die Frau mehrfach brutal vergewaltigt haben. Solange bis diese bewusstlos wurde. Anscheinend dachten sie, damit diese Tod ist. Sie durchwühlten das ganze Haus nach Wertgegenständen. Bis sie die Waffe in einem Schrank fanden. Das war natürlich schlecht, weil sie öffneten diesen Raum hier nochmal und erschossen hintereinander den Vater und Sohn." Schlegel war dabei etwas blass geworden. „Das ist aber schon wie gesagt sechs Jahre her und die Brüder wurden gefasst und weggesperrt." „Die Frau ist gar nicht im Altersheim oder!" war jetzt Phil etwas misstrauisch. Schlegel verzog etwas den Mund „Nein sie ist schon in einem Heim, aber es ist mehr eine psychiatrische Anstalt. Phil war nun übel. „Entschuldigen sie mal…" und rannte schon eilig nach draußen. Schlegel sah ihm nur mitleidig hinterher. Phil setzte sich erstmal auf die Steintreppe und wischte sich seinen Mund mit einem Taschentuch ab. Tiefdurchatmend sah er in den Himmel. So schön blau und unschuldig. Kleine Wölkchen zogen Richtung Wald, wo die dunklen Kiefern so viel verbargen. Schlegel trat leise hinter ihm. „Sollen wir weiter machen Herr Gröber? Geht es wieder?"

setzte er sich neben Phil. Dieser schaute kurz über die Schulter an. „ Ich will nichts mehr sehen. Glaube ich." Stumm blickten beide eine Weile in die großen Kiefernbäume. Als würden sie ihnen das Geheimnis dieses Hauses verraten. „ Und wie soll es nun weiter gehen Herr Gröber? Hätte dann noch andere Termine. Muss um zehn Uhr wieder in der Stadt sein." Phil streckte seinen rechten Fuß nach vorn und stellte sich an die unterste Stufe der Treppe. „ Ich möchte nichts mehr sehen. Machen sie den Kaufvertrag fertig und gut ist." „ Das klingt doch gut." Huschte ein freudiges Lächeln über Schlegel sein Gesicht. „Und sie werden sehen, damit dass ein wunderbares Objekt ist. Ich lasse ihnen dann den Vertrag zu kommen." Hob er die rechte Hand in Phils Richtung. Diese war diesmal auch noch richtig feucht. Unbemerkt wischte Phil sich seine Hand danach an der Hose trocken. So ein ekliger Kerl dachte Phil.
„Hat mich gefreut Herr Gröber" verschloss Schlegel wieder alle Fenster und Türen im Haus.   „
Wünsche ihnen noch einen angenehmen Tag. Aber kurz noch." Drehte er sich beim Gehen nochmal zu Phil. „ Das Geld, wie machen wir das? Bar oder wollen sie eine Rechnung haben? Dann müsste natürlich noch Steuer rauf." „ Haha." nickte Phil mit dem Kopf.

„ Wie möchten sie es denn?" fragte Phil. Schlegels Lippen grinsten, „ Aber Herr Gröber wir verstehen uns doch oder? Das ist doch nur in ihrem Interesse." „ Ja klar, ich bringe das Geld bar mit. Aber ich bekomme den Grundbucheintrag." „Selbstredend Herr Gröber. Ich sehe, wir verstehen uns." Er wollte schon wieder seine rechte Hand in Phil seine Richtung strecken, als Phil ihm schon auf die Schulter gehauen hat. „ Sie rufen mich an wenn alles fertig ist Herr Schlegel. Bis dann." Setzte sich Phil schnell in seinen Ford. Nur weg hier dachte er. Schlegel stand mit seinen dicken Bauch da und betrachtete den fluchtartigen Abgang von Phil. Dann holte er sein Handy aus der Tasche und telefonierte erstmal. Phil versuchte in der Zeit sein Auto zu starten, beim Drehen des Zündschlüssels passierte gar nichts. Kein Ton, jedes Mal gingen alle Kontrolllampen im Display aus. Aber nichts passierte. Nicht schon wieder dachte Phil. Sicherlich wieder ein Relais feucht geworden. So ein Mist. Phil stieg wieder aus und öffnete seine Motorhaube. „ Na will er nicht? Ist auch schon ein älteres Modell oder?" stand jetzt Schlegel hinter ihm.   „ Ich hätte ja davon keine Ahnung. Und sie Herr Gröber kennen sich aus? Könnte ihnen da eine Autowerkstatt empfehlen." Halt doch bloß dein Maul dachte Phil. „ Nein so richtig auch nicht. Ist bestimmt wegen den riesen Pfützen irgendwo feucht geworden." „Feucht geworden, das klingt gut." Grinste Schlegel unverschämt dreckig.   „ Wie man es nimmt." Antwortete Phil ernst. So ein Idiot dachte Phil. „ Wenn sie möchten rufe ich den Abschlepper oder ich kann sie auch mitnehmen bis zur nächsten Bushaltestelle." Stand Schlegel immer noch neben ihm. Phil überlegte kurz, dann schlug er die Motorhaube wieder zu. Schlegel sprang vor Schreck einen Meter zurück. „ Hui das war aber Haarscharf." Strich er sich mit der Hand durch sein fettiges Haar. Phil musste schmunzeln. „ Das wäre sehr nett von ihnen, wenn sie mich bis zur nächsten Haltestelle in der Stadt mitnehmen würden." „ Na dann, steigen sie mal ein." Drückte er seine Fernbedienung und am BMW leuchteten kurz die Blinklichter auf. Phil machte seinen Ford noch zu und blickte beim Einsteigen noch etwas skeptisch auf sein Auto. „ Ach den klaut doch keiner. Keine Sorge." Phil sah zu Schlegel rüber. Der grinste nur und drückte den Startknopf. Mit durchdrehenden Reifen gab er mal richtig Gas und die kleinen Steine klapperten nur so unter dem BMW. So ein Blödmann ging Phil durch den Kopf.

2. Zwanzig Stunden früher

Leicht fielen die letzten Sonnenstrahlen des Sommers durch die grünen Blätter der Bäume. Färbten die Baumwipfel goldig und waren doch so vom Abschied begleitet. Die Sonne gab sich noch mal richtig Mühe, am letzten Tag dem Sommer Kraft zu verleihen. Um den Herbst, der schon bereit war mit seiner Farbenpracht das Regiment zu übernehmen, noch Paroli zu bieten.
Es war der letzte Tag der Arbeitswoche und Sören lag neben Marie auf der Decke. Ganz nah, so damit er ihre Haut spüren konnte, nur ganz leicht an seinen Armhaaren. Es ist Mittagspause und Marie ist eine toll aussehende Frau. Blonde lange Haare, super Figur mit knackigen Hintern. Genau der Typ von den Sören so träumt Nun liegt sie neben ihm und sieht so toll aus. „Hast du das Memo für den Alten noch fertig gemacht?" versucht Sören ein Gespräch an zu fangen. „Hallo! Marie! Schläfst du?"
„ Mittagspause mein Herzchen. Und ja ich habe es raus geschickt. Nun lass mich die Sonne genießen." Sören blickt sie von der Seite an, ihre kleine Nase und die schönen Lippen. Wie gerne würde er sie küssen, nur mal schmecken, wie sie sich anfühlt. Ihre weiße Bluse, durch die Knopfspalte sieht er den weißen BH mit den kleinen festen

Busen. Sören muss sich umdrehen, zu sehr wird dieser Anblick für ihm zur Erregung. Ein Glück habe ich eine Jeans an, denkt er. Er sieht in die Wolken die über ihn ziehen, der Himmel so schön blau und ein Vogelschwarm der sich in den Bäumen niederlässt. Unauffällig schiebt er seinen arm näher an Marie heran, wie ein Stromstoß ist die Berührung. Nur Marie sie liegt da und atmet leise und still. Sören würde sie so gerne in den Arm nehmen. Der Schlag der Kirchturmuhr reißt ihn aus den Gedanken, es ist Ein Uhr. „Marie, wir müssen!" Verschlafen reckt sie sich. „ Bin ich doch glatt eingeschlafen." Reibt sie sich die Augen. Sie nimmt die Sonnenbrille aus dem Haar und setzt sie sich auf. „Komm Sören." „Jawohl Madame. Und die Decke trage ich auch noch." „Kindskopf" Und gibt dabei Sören einen Schubser. Der Park ist jetzt richtig belebt, überall liegen Leute auf den Picknickdecken. Alle wollen sie noch was von dem Spätsommer. An der Ampel müssen sie nicht stehen bleiben, die grüne Welle bringt den Menschenstrom in Bewegung und zieht sie mit. Zum Glück ist das Bürogebäude gleich auf der anderen Straßenseite. Sören drückt die Türe auf und macht eine einladende Bewegung mit Hand in die Richtung von Maria. „Oh danke der Kavalier!" „Bitte die Dame" lässt er die Tür hinter sich zu schwingen. „Treppe oder Aufzug?" fragt Sören. Marie blickt auf die Uhr. Bis in den fünften Stock. Eigentlich nehmen beide immer die Treppe, aber sie sind spät dran. Marie schüttelt den Kopf. „Schnell der Aufzug ist da." Zügig laufen beide zum Fahrstuhl. Fast gleichzeitig wollen sie auf den Knopf mit der Fünf drücken. Leicht berührt Sören die Hand von Marie. Mit ihren blauen Augen schaut sie jetzt hoch zu ihm. „Ich war schneller!!" lächelt sie ihn an.

Drei Stunden später ist der Feierabend noch weit entfernt. „ Wie soll ich das Schaffen Marie? Müssen alle Briefe noch mal öffnen, den Text ändern und alles wieder eintüten. Da habe ich locker bis Mitternacht zu tun. So ein Dreck!" Marie schaut mitleidig zu ihm rüber. „Sei froh, damit der Fehler bemerkt wurde. Stell dir vor, das wäre rausgegangen zum Kunde. Wo hast du überhaupt diese Textpassage her? - … Bringen Sie alle Ihre besten Schweine und Kühe mit zum großen Schlachtfest und Grillabend. Alles wird artgerecht geschlachtet und vom Metzger gleich zerlegt und verarbeitet. Es wird frische Blut- und Leberwurst geben. Die zarten Steaks und fettige Würstchen kommen sofort auf den Grill. Fleisch wird zum Gaumenschmaus…. --- liest Marie die fehlerhafte Textstelle. „ Dir ist klar, der Brief ist für die Kundschaft Vegan und ist Einladung für den Kongress Vegan und Vegetarische Lebensweise. Das Tier als gleichberechtigtes Lebewesen der Gesellschaft. Sei froh damit Karius das noch entdeckt hat." „ Der Affe hätte es auch mir sagen können. Aber nein erstmal schön zum Chef. Ach ist doch egal. Und woher der Text kommt, von der Einladung für die Landwirte der Fleischindustrie, irgendwie ist das da reingerutscht. Die hatte ich doch schon Anfang Juni geschrieben." Resignierend drückt Sören die Tasten an seinen Computer. „Ich bleibe auch und helfe Dir. Los schick mir die Briefdatei, aber die Richtige und die Adressen für den Kopf. Du von Oben, ich fange unten an." Ein Lächeln geht über Sören sein Gesicht. „Du bist die Beste" „ Das kostet dich ein Mittagsessen mein Herzchen. Kannst dich glücklich schätzen, damit der Alte so human zu dir war. Ich glaube auch nur, weil seine Frau heute Geburtstag hat." „ Ich weiß nicht, glaube der hat noch etwas anderes. Das Management aus der obersten Etage war heute Vormittag bei ihm, soll ganz schön laut gewesen sein." „Wie meinst du das? Wo war ich denn da?" wollte Marie jetzt wissen. „ Weiß nicht wo du warst, Nase pudern oder so. Jedenfalls soll Geld fehlen, und das nicht so knapp. Sagt jedenfalls Erna, als ich am

Kaffeeautomat vorhin war." „ Geld?.. Wieviel? Weißt du was?" „ Nein ich weiß nicht genau wieviel. Erna sagte nur etwas vom sechsstelligen Bereich. Erscheint nicht auf dem Ausgabenkonto, ist aber auch nicht mehr da. Hat die Revision gemerkt, beim Steuerbescheid. Es soll hier aus unserer Abteilung verschwunden sein. Sagt Erna." „Hmm" schaut Marie etwas seltsam in die Richtung vom Chefbüro. „ Lass uns lieber die Briefe neu anfertigen, sonst sind wir noch morgen hier." Versucht Sören Marie wieder zum Arbeiten zu animieren. „ Ja geht los." Dreht sie sich jetzt wieder mit ihrem Stuhl zum Computer.

Nach einer Weile kommt Erna und schaut kurz über die Trennwand. „Oh Sören hast ja Hilfe bekommen. Hättest ganz schön Ärger rauf beschworen mit deiner Einladung. Ich gehe jetzt. Müsst euch nicht wundern, der Chef bleibt noch. Das obwohl seine Frau heute Geburtstag hat. Da ist ganz schön Druck im Kessel, Karius muss auch noch ran. Das ganze letzte Jahr muss offengelegt werden, jeder Cent." Marie und Sören schauen sie beide mit großen Augen an. „ Da bleibt euch der Mund offen, fast eine Million fehlt. Das ist eine Summe, die hätte ich auch gerne." „Nicht nur du, ich auch!" wendet Sören ein. „ Weiß man schon wo die sein könnten? Eine Million verschwindet doch nicht so."

blickt Marie sie fragend an. „ Keiner hat eine Ahnung, glaube auch nicht damit das einer von der Firma gemacht hat." Schüttelt Erna den Kopf. „Obwohl so genau weiß man es nicht. Aber wie es auch sei, ich muss los. Nur Harry, das ist der Fahrer vom Chefmanager aus der obersten Etage, meinte das Geld ist hier irgendwo noch im Haus. Es könnte jeder sein." Mit einer ernsten Mine streift sie Maries Blick. „ Ja auch Du Marie!" Vor entsetzten vertippt Marie sich, so schreckt sie zusammen. „ War doch nur ein Scherz. Müsstest jetzt mal dein Gesicht sehen. Einfach köstlich." Erna haut mit der Hand auf den Schreibtisch. „ Nichts für ungut." und geht schnurstracks zum Fahrstuhl. Marie sitzt immer noch blass vor ihrem Bildschirm. „ Was los? Erna erzählt viel wenn der Tag lang ist. Komm geht weiter." Und ohne zu Sören zu blicken, tippt Marie den Namenskopf weiter.

Es ist fast Neun Uhr Abends, als Sören den letzten Brief zuklebt. „ Geschafft." Lässt er sich auf seinen Stuhl fallen. „ Kann ich dich noch zu einem Drink einladen? Morgen ist doch Samstag." Marie streckt sich. „ Beim Chef ist immer noch Licht." Zeigt sie mit den Kopf in die Richtung. „Und nu, ist doch egal. Komm wir gehen. Gebe dir noch was aus:" Marie schüttelt den Kopf. „ Ich weiß nicht, bin auch schon müde." „Nun los sei nicht so!" zieht Sören sie jetzt am Jackenärmel Richtung Fahrstuhl. „Bevor der Chef raus kommt. Karius ist auch schon fort." „Du bist eine richtige Nervensäge!" Sören schaut sie mit seinen Dackelblick an. „ Aber eine liebe Nervensäge oder?" „ Ja du Spinner." Sie wollten gerade den Fahrstuhl betreten, als der Chef rief. „ Frau Leuser, hätten sie mal noch kurz eine Minute für mich? Kommen sie doch bitte mal!" Marie sah etwas erschrocken Sören an. Der verdrehte nur die Augen „ Habe ich nicht gesagt, wie sollen uns beeilen!" flüsterte er Marie zu. Die Fahrstuhltür ging wieder zu. „Ich warte." Marie drehte sich um und ging zaghaft in die Richtung des Chefs. Der stand mit zerzausten Haaren und weit aufgeknöpften Hemd im Türrahmen. „ Eigentlich habe ich schon lange Feierabend. Was gibt es denn noch?" konnte Marie ihren Unmut nicht verbergen. Der Chef sah sie von oben bis unten an. „ Frau Leuser…" „Fräulein Leuser bitte!" erwiderte Marie. „ Ja ist gut Fräulein. Eine Frage habe ich" holte er tief Luft. Von weitem beobachtete Sören die Situation. „ Also Fräulein Leuser, sie haben doch die Pincodes für Zahlungsaufträge unter ihren Fittichen oder?" „Warum fragen sie mich wenn sie es schon wissen. Sie sollten zum Punkt kommen Herr Vogel, es ist schon nach Neun und ich möchte bitte nach Hause." „ Das kann ich mir denken!" und grinste in Sörens Richtung. Marie schüttelte den Kopf. „ Sagen sie bitte was sie möchten, aber lassen sie diese Anzüglichkeiten" konnte sie jetzt die Alkoholfahne riechen. „ Du kleine Kratzbürste, wie redest du mit mir?" ging er einen Schritt in sein Büro zurück. „ Ich glaube sie haben zu viel Alkohol getrunken Herr Vogel. Ich werde nun gehen und die Beleidigungen von ihnen vergessen." Wollte sich Marie gerade umdrehen. „ Halt nicht so hastig du kleines Luder!" Marie spürte wie die Hitze hier ins Gesicht kroch. Ganz langsam drehte sie sich wieder in die Richtung vom Chefbüro. Mit fast zugekniffenen Augen musterte sie ihren Chef. Dieser stand mit aufgerissenen Augen und offenen Mund vor ihr. „ Ja dich meine ich, du kleines Aas." War der Chef jetzt nicht mehr zu bremsen. „ Wem hast du diese Pincodes gegeben. Oder hast du sie einfach mal offen liegen lassen? Erna war es nicht, Karius auch nicht. Aber einer muss es gewesen sein." Ist sein Blick jetzt ganz starr. „Wo ist das Geld?" schreit er sie jetzt an. „Jetzt reicht es aber." Wird Marie energischer. „ Mit welchem Recht können sie so mit mir reden? Und von was für Geld reden sie?" Marie blickt jetzt direkt in seine Augen, die sie glasig anstarren. „Verstehe." haut sie sich mit der Hand gegen die Stirn. „Ach so läuft das! Tja tut mir leid." Machte Marie einen Schritt zurück. „ Bei mir bleibt das auch nicht hängen. Das lasse ich mir nicht unterschieben. Die Zahlencodes werden immer nur zu zweit geöffnet und auch verwendet. Und wenn sie jetzt keine anderen Fragen haben, gehe ich jetzt. Und falls sie noch mal eine Beleidigung für mich haben, werde ich ihnen..." Marie nahm ihren ganzen Mut zusammen. Sie ging jetzt ganz nah an sein Ohr und flüsterte, „ Ihre kleinen dreckigen Eier abreißen und ihren verkümmerten mickrigen Schwanz meinem Hund zum fressen geben. Du Wurm! Schönen Abend!" drehte sie sich auf ihren Absätzen um und rief beim laufen „ Sören drück den Fahrstuhl!" Sören blickte verdutzt in die Richtung und sah wie der Chef tobte und fluchte „ Du…dich schmeiß ich raus. Hörst du!" schrie er. „ Das war dein letzter Arbeitstag du Flittchen. Was denkst du wer ich bin? Dich feure ich!" konnte sich der Chef nicht mehr beruhigen.

Marie stand lachend im Fahrstuhl. „ Was war den los? Der will dich feuern. Was hast du gemacht? Was wollte er?" Sören stand fragend neben Marie. „ Der war besoffen und will mir das Verschwinden von dem Geld anhängen. Der spinnt doch." „Und wenn er dich jetzt feuert? Warum eigentlich?" „ Ach Sören komm lass uns was trinken, jetzt habe ich richtig Lust darauf." Zwinkerte sie ihm auffordernd zu. Eine Weile begegnen sich ihre Blicke.

„ Oh scheiße es regnet. Nein es Gewittert." Sören schlug seinen Jackenkragen hoch. „ Du musst mich schützen. Habe solche Angst vor Gewitter." Blickte Marie ihn mit Unschuldsblick an. „ Ha ha, eben noch den Chef fertig machen und jetzt vor Blitz und Donner fürchten. Du bist mir eine Maus." Schnell breitete Sören seine Jacke über Marie und seinen Kopf aus. Tief holte er Luft und atmete ihren blumigen Duft ein. So nah war er ihr. Er legte den Arm fast auf ihre Schulter. Sie liefen durch Pfützen und mussten dabei so lachen. Zum Glück war es nicht so weit bis zur nächsten Bar. Aber für Sören hätte es noch viel weiter sein können.

3 Kapitel

„Hannes" rief der Fahrdienstleiter. „ Hannes warte doch mal." Hannes wusste was jetzt wieder kommt, wenn der Roger persönlich kommt, dann heißt es nichts Gutes. Behäbig näherte sich Roger an und als er vor Hannes steht schnauft er erstmal durch. „ Du hast auch ein Tempo an dir." Bewegte er seinen Zeigefinger etwas krumm an die Nasenspitze. Das machte er immer, wenn er etwas Wichtiges sagen wollte. „ Was ist los Roger?"   „ Ach Hannes du musst heute den Sechs Drei Vier fahren, der Schröder ist krank." „ Ach nö die Tour? Du weißt schon, damit dass in der Nacht eigentlich umsonst ist. Da steigt doch nie mehr einer ein um die Zeit." „ Na siehst du, umso besser für dich." „ Kann nicht Deubler die Tour nehmen? Warum immer ich?" „Hannes wir diskutieren doch nicht darüber, Deubler fährt deine Route mit deinem Bus. Der braucht noch mehr Cityerfahrung. Hole du dir die Papiere und Schlüssel. Ich hab jetzt Feierabend. Dir eine gute Fahrt und eine ruhige Nacht. Bis morgen Hannes." Ließ er ihn einfach stehen. „ Na prima!" ging Hannes mit seiner braunen Ledertasche zum Fahrerdepot. Ein Hupen ließ ihn hochblicken. Deubler grüßte mit seinem Bus und rollte vom Gelände. Hannes hob die Hand und machte die Eingangstüre zur Zentrale auf. „ Guten Abend Hannes." Lächelte ihm Moni zu. „Guten Abend. Oh Moni du siehst ja heute wieder toll aus." Besserte sich gleich seine Laune. „Danke du alter Charmeur. Hat dir Roger den Sechs Drei Vier gegeben. Ist doch schön ruhig oder. Nur acht Haltestellen, vom Bahnhof zum Außenbezirk und zurück. Zwischendurch noch eine dreiviertel Stunde Pause." Legte sie die Schlüssel und Papiere hin. „ Ja hast Recht, mach ich mal ruhiger. Mich stört auch nicht die Fahrtroute so, sondern mehr das Unerwartete. So von jetzt auf gleich weißte Moni?" „ Willst noch einen Kaffee?" „ Nö lieber nicht Moni, ist lieb gemeint. Aber die Brücke ist immer noch einspurig mit Ampel und ich bin immer pünktlich. Das weißt du doch." „ Klar verstehe. Hat dich Hanna auch angerufen?" stellt Moni schnell noch die Frage bevor er durch die Tür ist. „Nein. Warum? Ist was passiert?" „ Das soll sie selber sagen. Es ist wegen ihrem Geburtstag und einer Reise." „ Dann soll sie morgen doch mal durchklingeln." Öffnet Hannes schon die Ausgangstür. „ Gut sage ich ihr. Sehen uns dann morgen früh. Dir eine gute Nacht Hannes!"   „ Tschüss Moni." Warf Hannes ihr noch einen Handkuss zu. Auf dem Weg zum Busdepot nahm er schon mal den

Routenplan zur Hand. Um zweiundzwanzig Uhr dreißig musste er am Hauptbahnhof sein. Hannes sah auf die Uhr, zehn nach zehn. Genug Zeit. Er öffnete von außen den Bus. Drinnen auf dem Fahrersitz lag der Checkbericht der Servicetechniker. Alles in Ordnung so mochte es Hannes. Kurz noch das Kassensystem geprüft und gesichert. Damit auch gar keiner auf den Gedanken kommt es bei offener Tür zu klauen. Natürlich ist das keine Sicherheit, wenn es hart auf hart kommen würde. Da gilt immer Deeskalation, eigene Sicherheit und das der Passagiere. Oberstes Gebot ging Hannes durch den Kopf. Leicht gesagt bei den Verrückten draußen. Die Leute werden doch immer durchgeknallter. Hannes schiebt die Gedanken weg und steckt den Zündschlüssel rein und dreht ihn um. Der Motor brummt, ein Klang den er so mag. Eigentlich wollte er schon immer Busfahrer werfen, als Kind schon. Auch heute noch macht es ihm Spaß, auch wenn es schon schwieriger wurde und die Gefahr doch teilweise zugenommen hat. Ihm ist zum Glück noch nichts passiert, liegt bestimmt auch an seiner Figur, ein Meter fünfundneunzig und gut durchtrainiert bei fünfundneunzig Kilo. Beim rausfahren ruft er Moni in der Zentrale an, das Freizeichen ertönt in der Fernsprechanlage. „ Ja Hannes was gibt

es?" „ Bus Sechs Drei vier verlässt das Depot." „ Gut Hannes, eine saubere und unfallfreie Route. Bis dann." „ Danke Moni, bis dann."
Jetzt noch kurz zu Hause durchklingeln. Das Freizeichen ertönt. „ Hallo Schatz rollst du schon?" hört er jetzt eine Stimme. „ Ja, muss heute aber eine andere Route fahren, den Sechs Drei Vier. Sonst ist alles gut. Schlaf schön Claudi." „ Du auch mein Bärchen, ich meine fahr ordentlich. Bis Morgen Küsschen!" „Ja bis dann." Beendet Hannes das Gespräch. Seine Claudia, ist schon eine prima Frau.
Bis zum Bahnhof schaltet er noch das Radio an. Die Musik lässt ihn mitsummen - Smokie mit Living Next Door to Alice --. Wie schön es doch ist, denkt Hannes. Der Verkehr ist nachts auch viel ruhiger. - Unterbrechen wir unserer Programm für eine wichtige Mitteilung der Polizei—kommt es aus dem Radio. - die Polizei ist auf der Suche nach den Brüdern Bernd und Maik Kulmer. Beide sind gestern aus der Justizvollzugsanstalt ausgebrochen. Auf ihrer Fluchtroute haben sie im Laufe des Tages die Bankfiliale überfallen. Beide Täter sind hochgradig Gewalttätig und sehr gefährlich. Wir bitten die Bevölkerung um Aufmerksamkeit und Vorsicht. Hinweise nimmt jede Polizeistelle entgegen. --
„ Na das hat mir noch gefehlt, die sollen

bloß weg bleiben." Spricht Hannes jetzt leise vor sich hin. Dann macht er das Radio aus. Von weiten hört er Gewittergrummeln und die ersten Regentropfen fallen auf seine Frontscheibe. Nach einer Weile fährt er die erste Haltestelle an. Hannes öffnet die Türe vorn und schaut genau in die Gesichter der Passagiere. Ein altes Ehepaar besteigt den Bus. „ Guten Abend." Schüttelt die Frau den Regenschirm noch aus. „ Zweimal Waldgarten." Sagt der Mann und nimmt dabei seinen Hut ab. „ Sechs Euro Achtzig." Druckt Hannes an seinem Kassensystem gekonnt die Fahrscheine aus. „ Wie lange fahren wir bis dahin?" will die Frau wissen. „ Ist ja Endstation da, drei Stunden dauert es schon." „Doch so lange." Ist die Frau erstaunt. „ Hätten doch lieber ein Taxi nehmen sollen." „ Ach Berta ist doch gut, für das Taxi hätten wir bestimmt fünfzig Euro bezahlt." „ Wollen sie nun mitfahren oder nicht?" Hannes hält immer noch die Fahrscheine in der Hand und wartet auf das Geld. „ Ja wir wollen." Sagt der Mann bestimmend und drückt Hannes zwei Hände voll Kleingeld in die Hand. „ Oh immer langsam." Schaut Hannes auf das viele Kleingeld und beginnt es nach zu zählen. „ Hier sind fünf Cent zu viel." Reicht er diese wieder zurück. Die Frau hält gleich die Hand auf und

steckt die fünf Cent wieder ein. Hannes schließt die Türe und sein Bus setzt sich in Bewegung. Der Regen wird stärker.
Das alte Ehepaar setzt sich gleich in die erste Reihe hinter Hannes.
„ Sind wir erst gegen halb zwei zu Hause." Hört er die Frau sagen. „Ach Berta ist doch nicht schlimm. Dafür hatten wir doch einen schönen Abend im Theater."
„ Aber trotzdem Heinz, es ist ganz schön spät. Und außerdem hätte uns auch dein Sohn nach Hause fahren können." „ Du weißt doch damit das nicht geht." „ Ja weil seine Frau, die vornehme Dame das nicht erlaubt. Steht ganz schön unterm Pantoffel dein Sohn." „ Ach Berta, so ist das auch nicht." „ Doch na klar ist das so. Musst ihn auch nicht wieder in Schutz nehmen. Klara vorne, Klara hinten. Ja mache ich Klara. Und was ist mit uns? Müssen mit den Bus fahren." Schüttelt sie den Kopf. Heinz schaut auf die Regentropfen am Fenster, wie diese langsam sich ihren Weg an der Scheibe suchen.
Hannes lenkt seinen Bus durch die Nacht. Das Donnergrollen in der Ferne kann ihn nicht erschrecken. Es ist so wie voraus gesagt, es steigen nicht viele Passagiere ein. Die Fahrt bis raus zum Waldgarten ist in der Nacht vielen zu lang. Es verirren sich nur vereinzelte Nachtschwärmer. So vergeht die Zeit und Hannes lenkt

routiniert seinen Bus durch die verregnete Nacht in Richtung Waldgarten. Noch liegen zwei Stationen dazwischen, eine knappe Fahrstunde liegt noch vor ihm. Die Anzahl der Passagiere ist bei Zehn, davon steigen aber die acht Personen, eine Feiergruppe denkt er, bei der nächsten Station wieder aus. Das Rentnerehepaar ist eingeschlafen.

4. Kapitel

David beobachtet den Inhaber des Spätkaufes. Langsam schleicht er durch die Regale der Spirituosen. Kevin steht am Spielautomaten und drückt dort rum. „ Na Fred wie läuft das Geschäft?" dreht sich jetzt Kevin zum Tresen um. „ Siehst du doch. Regen da ist keiner mehr so groß unterwegs, obwohl heute Freitagabend ist." „ Wie voll ist eigentlich dein Spielautomat? Lohnt es sich was rein zu stecken?" „ Keine Ahnung beobachte ich nicht. Der wird nächsten Monat so und so abgeholt. Der Betreiber möchte nicht mehr. Die Auflagen sind auch so groß. Muss ja auch nachweisen, damit ich mich an das Jugendschutzgesetz halte." Kevin nickt. „ Ich bin aber schon achtzehn" grient er. „ Ja siehst auch so aus!" „Ach hör doch auf, ich zeig dir meinen Ausweis. Wenn du das nicht glaubst." „ Kevin hast du heute schon was getrunken? Ich weiß damit du schon bald Dreißig bist und nur noch so rumrennst als wärst du sechzehn. Kannst halt nicht alt werden. Obwohl du hast doch noch Pupertätspickel." „ Hey Fred das ist aber fies. Das sind Pigmentstörungen." „ Ja du Pfeife solltest mal öfter wichsen, würde deiner Haut gut tun" „ Ach hör doch auf. Du spinnst doch!" lacht Kevin und

zeigt mit gebogenen Fingern an der Hand, Fred einen Vogel. „ Guck doch schon ganz krumm die Hand!"
„ Du bist doch fertig. Was macht überhaupt das arbeiten?" „ Bloß keine Fremdwörter. Was ist denn das?" „ Na denke solltest dich am Dienstag da vorstellen bei der Baufirma." „ Ach hör doch auf. Komm da an. Sage ich bin Kevin, da lacht der gleich. So ein Vollhorst. Naja auf jedenfalls erzählt der mir was von immer um sieben auf Baustelle zu sein und so. Sollte ich meine Hände zeigen. Ach hör doch auf. Gibt er mir gleich Handschuhe und solche ollen Gummistiefel. Da kam schon ein Käsegestank raus. Und ich war nur barfuß in meine Convers. Das war voll die Härte. Naja hab ich angezogen die Dinger. Haste nicht mal ein Bier für mir Fred?" „ Hm weil du es bist. Wo ist denn überhaupt dein Kumpel mit dem du rein kamst?" „Ist nicht mein Kumpel kenne ich nicht. Keine Ahnung." Kevin öffnet mit einem Zisch die Bierdose und nimmt einen kräftigen Schluck.   „ Ach hör doch auf. Auf jeden Fall musste ich gleich raus und sollte schippen. Bis zum Frühstück habe ich das gemacht, dann hatte ich schon Blasen an beiden Händen. Hier schau mal." Hält er die Handflächen in Blickrichtung von Fred. Dieser macht aber gerade einen langen Hals über Kevin hinweg. Und schaut immer wieder nervös auf

sein Bildschirm der Bewachungskamera. „Schön Kevin. Warte aber mal, dein Freund der vorhin reinkam. Wo ist der?" Kevin zieht die Schulter hoch. „Der ist doch noch nicht raus gegangen. Oder?" In diesen Augenblick kommt ein etwas dickerer Mann in den Spätkauf. Er steuert genau auf den Tresen zu. „Abend" stützt er sich mit seinen dreckigen Jackenärmel auf der Ablage ab. „Hey Alter was hast du denn gemacht? Bist du auf das Maul geflogen?" Der Dicke schaut grimmig zu Kevin. „Kannst was auf dein Maul kriegen Du Assi!" blafft er Kevin unfreundlich an. „Ach hör doch auf. War bloß Spaß Alter." Wiegelt Kevin ab. „Ja genau, jetzt ist mal gut hier." Mischt sich jetzt Fred ein. „Was will er denn?" richtet er sich jetzt an den Dicken. Der schielt mit seinem Blick immer noch Kevin an. „Zwei Päckchen Zigaretten. Die Roten ohne Filter." Legt er einen zehn Euroschein mit seiner dreckigen Hand auf die Geldschale. „Tut mir leid, da fehlen zwei Euro Kumpel." „Was? Ist das ein Dreck. Dann nur eine und zwei Flachmänner. Oder reicht das auch nicht?" „Eine Schachtel, zwei Bier und ein Flachmann. Das ist machbar." Der Dicke schielt auf seinen Zehneuroschein. Dann rülpst er erstmal ganz laut. „Ach hör doch auf." Geht Kevin einen Schritt zurück. „Was bist du denn für einer?" Und

nimmt dann einen guten Schluck Bier aus seiner Büchse und stellt diese leer auf den Tresen.
Ganz unbemerkt sitzt David immer noch hinter dem Spirituosenregal. Unter der Jacke versteckt er vier Flaschen Whisky, den Teuersten. Der Schweiß läuft ihm schon die Stirn herunter vor Erregung. Aber er muss auf den richtigen Augenblick warten und um dann schnell aus dem Spätkauf rennen zu können. Angespannt lauscht er der Unterhaltung vorne am Tresen.

„Geb her die Sachen." Sagt der Dicke etwas mürrisch und enttäuscht. Fred legt die Zigaretten auf den Tresen. Diese steckt der Dicke gleich ein. Den Flachmann und die zwei Bier nimmt er in die Hand. Kevin schaut aufmerksam zu und blickt sich dabei auch mal unauffällig nach hinten um. Fred bückt sich gerade nach unten, weil er noch eine Bierbüchse für Kevin vor holen will. Der Dicke ist gerade auf den Weg zur Ausgangstür, als David wie von einer Tarantel gestochen aus seinem Versteck kommt. Beim Heraus rennen rempelt er den Dicken an. Dieser lässt sein Bier fallen und David wäre beinahe gestolpert. Mit einem großen Satz springt er über den Dicken, der jetzt am Boden liegt, hinweg. Er reißt die Tür auf und rennt wie ein Verrückter. Der Dicke schimpft am Boden liegend." Du Sau! „ brüllt er. „ Du

Schwein, mein Bier." Jammert er am Boden liegend. Fred war auch blitzschnell hinter seinem Tresen vorgekommen. „ Halt bleib stehen!" rennt er hinterher bis vor die Tür. Dann schaut Fred wieder zurück in den Laden. Ich kann den Laden nicht alleine lassen denkt er. Kevin huscht schnell an den Dicken vorbei ins Freie. „Den hole ich dir Fred." Rennt jetzt auch Kevin los. Fred schaut nur hinterher. Dann geht er zurück in den Laden und hilft den Dicken wieder hoch. „ Schöne Sauerei!" meckert der. „ Mein schönes Bier, alles futsch. Ich will neue Bier!" jammert er und trinkt dabei rasch seinen Flachmann aus. „ Der Flachmann ist auch beschädigt. Da war schon die Hälfte raus." Zeigt er die Flasche hoch und beschwert er sich bei Fred darüber. Doch der holt schon Wischlappen und die Müllschippe. „Wo kam der denn überhaupt her. So ein Lump." Schimpft der Dicke immer noch. „ Halt mal!" drückt er den Dicken den Lappen in die Hand. Dieser lässt den gleich wieder fallen. Fred geht die Regale ab und kann beim ersten hinsehen nichts entdecken was fehlen könnte. Der Dicke geht in der Zeit schon vor zu den Bierflaschen. „ Stopp. So nicht Dicker." Kann Fred ihn gerade noch aufhalten. „ Ist doch keine Selbstbedienung hier. Wir machen erstmal den Müll weg." Dabei schiebt er den Dicken

Richtung der Eingangstür. Sein Blick geht dabei zur Türe, in der Hoffnung damit Kevin diese aufreißt. Aber das wird bestimmt nicht passieren, denkt Fred.

„David. David wo bist Du?" ruft Kevin in das Dunkele und blickt einmal rundherum. „Hier Du Affe!" „ Ach hör doch auf. Sag doch nicht immer so etwas zu mir. Haste wenigstens genug mitgenommen für die Nacht David?" David kommt hinter einem Strauch hervor. „ Was war das denn für eine Scheiße? Beinah hätte der alte Penner mir den ganzen Weg verbaut. So ein Scheiß. Und wieso hast du solange gebraucht Kevin, um den abzulenken?" „ Ach hör doch auf, das ist gar nicht so leicht gewesen Fred abzulenken. Mein neues Bier steht jetzt immer noch da. Hätte ich schon noch trinken wollen." David haut Kevin mit der flachen Hand auf die Stirn. „ Du bist fertig Alter. Hier fühle mal wie ich schwitze." Nimmt er Kevin seine Hand und will diese unter seine Armachsel klemmen. „ Ach hör doch auf, das ist ja voll ekelig." Reißt Kevin sich los. „ Wo ist denn nun deine Ausbeute?" David hebt die Hand und deutet an, immer ruhig, indem er sie langsam mit der Handfläche nach unten hin und her bewegt. Dann holt er aus der Jacke erst eine, dann die zweite und so nach und nach bis zur vierten Flasche Whisky alles hervor. Dabei strahlt er über das ganze Gesicht. „ Ach hör doch auf, das ist ja der Wahnsinn." Freut sich Kevin. „ Wir saufen bis zum Morgen, Wahnsinn!" hobst Kevin jetzt von einem Bein auf das Andere. „ Besoffen durch die Nacht..." singt David in der Melodie von -Atemlos durch die Nacht—von H.Fischer. Kevin stimmt gleich mit ein. Sie drehen die erste Flasche auf und nehmen nach einander einen kräftigen Schluck aus der Flasche.

5 Kapitel

Marie tanzt ausgelassen, der Technobeat lässt sie über das Parkett schweben. Sören kann sie nur beobachten. An seinem Glas nippend sieht er sie im wechselnden Licht, wie Marie die Arme nach oben hebt beim Tanzen. Wie elegant sie sich bewegt. Wie gerne würde er sie in die Arme nehmen, mal ihren schönen kleinen Busen drücken. Der sich so schön abzeichnet unter ihrer weißen Bluse. Und der knackige Hintern erst in ihrer engen Stoffhose. Bei Sören regt es sich gleich. Er legt seine Hand auf seine Hose. „Hab ich einen Durst." Trinkt Marie ihr Glas leer. Kleine Schweißperlen sind auf ihrer Stirn und Nase. Sören blickt sie an. „ Was ist? Habe ich da was?" legt sie ihren Kopf etwas zur Seite. „ Nein du siehst toll aus." Sören erschrickt sich selbst innerlich, habe ich das gerade gesagt? Geht ihm durch den Kopf. „ Vielen Dank." Lächelt Marie Sören an. „ Darauf gleich noch was zu trinken." Bewegt sie ihren Kopf in Richtung Barmann. „Lass mal ich bestell was, das Gleiche noch mal?" „ Ja Herzchen." Bewegt sich Marie schon wieder im Rhythmus der Musik. „ Sören mein Herzchen hast du gar keine Freundin?" schaut sie ihn herausfordernd an. Überrascht von der Frage weiß Sören nicht wo er hinblicken soll. Er möchte gerade was sagen, aber… Marie küsst ihn mit voller Hingabe, sie öffnet ihren Mund und ihre Zunge bewegt sich in seinem Mund. Mit einem Arm drückt er sie fest an sich, in seiner Hose pocht es mit harter Gewalt. Und so schnell wie Marie ihn küsste, so schnell setzte sie sich wieder auf den Barhocker. „Mir war gerade so." lächelt sie ihn an. „Was ist denn nun, hast du eine Freundin?" Sören ist ganz durcheinander. Marie blickt ihn immer noch fragend an. Da klingelt ihr Smartphone. „Tschuldige, aber da muss ich ran gehen." Sie drückt sich das Smartphone ans Ohr und hält sich mit der anderen Hand das andere Ohr zu. Leicht gebeugt redet sie. Sören sieht nur ihren wohlgeformten Hintern. In seiner Hose hört es gar nicht mehr auf zu pochen, er ist so erregt. „Ich bin mal auf dem Klo." Deutet er mit der Hand in die Richtung des WC. Marie nickt. Sören drängt sich durch die tanzenden Massen. Vor dem Klo steht ein Pärchen und fummelt an sich rum. Sören geht ans Pinkelbecken und muss die Hose ganz und gar aufknöpfen. Seine Erregung ist immer noch vorhanden. Mit steifen Glied steht er am Becken und versucht zu urinieren. „Junge Alter keulst du dir einen?" Quatscht ihm sein Gegenüber von der Seite an. Sören wird rot vor Verlegenheit. „Quatsch, kümmre dich um deine Scheiße." Lässt die Erregung mit einmal nach. „ Ist doch gut. Ein Tipp aber noch, wenn du so etwas machst, würde ich auf das Abschließbare gehen. Mache ich auch immer." Sagt der Unbekannte. „ Du kannst mich mal" antwortet Sören nur. Als er wieder zur Bar kommt ist Marie nicht mehr da. Mit suchenden Blicken versucht er sie in dem Getümmel zu finden. Ihr Glas steht noch voll und unberührt neben seinem. „Du." Winkt er den Barmann heran. Sören muss jetzt etwas schreien „ Du, hast Du die Frau die hier gestanden hat gesehen?" beugt er sich über die Theke. Der Barmann nickt und zeigt mit die Hand in Richtung Ausgang. Sören schaut zur Treppe hoch. Als Marie ihm schon von hinten auf die Schulter tippt. Sofort dreht er sich um. Sie blickt ihn genau in die Augen. Oh ist die hübsch denkt er. Jetzt oder nie. Er küsst sie einfach. Marie wehrt sich nicht, im Gegenteil. Mit voller Leidenschaft erwidert sie seinen Kuss. Ihre Zungen berühren sich in voller Ekstase. Als hätten sie was nachzuholen. Marie zieht ihm beim Küssen auf die Tanzfläche. Ganz langsam bewegen sie sich nur. Ihre Lippen sind miteinander verschmolzen. Das Treiben um sie herum nehmen sie gar nicht wahr. Marie ihre Hand gleitet in Sörens Schritt. Oh Gott denkt er. Und streift dabei seine Hand unter ihre Bluse. Auf einmal hört Marie auf und schiebt seine Hand wieder aus ihrer Bluse. „Nicht hier." Gibt sie ihm einen Kuss auf die Wange. „Lass uns was trinken." Drängelt sie Sören wieder zurück zur Bar. „Du müsstest dich jetzt mal sehen mein Herzchen." Lächelt sie Sören an. „Du schaust als hätte dir einer dein Spielzeug weg genommen. Was ist los Sören?" Etwas verstört von der Situation sucht Sören immer noch nach den richtigen Worten. „Gar nichts, alles gut. Wer war es vorhin am Telefon?" versucht er etwas abzulenken. Um immer noch mit dem was gerade passiert ist, fertig zu werden. Spielt sie nur mit mir, denkt er sich. „Mein Bruder. Mussten was klären." „Ach so. Prost Marie!" „Prost mein Herzchen." Nahm sie das Glas zu Hand. „Wir sollten noch eine Runde tanzen und dann langsam aufbrechen oder?" Schon….wollte Sören gerade fragen, aber er konnte nur nicken. Marie war schon wieder auf der Tanzfläche. Mit einem großen Schluck trank er seinen Gin Tonic aus. Er musste sie wieder beobachten, sie war so hübsch. Das NICHT HIER ging ihn durch den Kopf, wie meinte sie das? Nach einer Weile stand Marie wieder neben ihm. Sie strich sich eine Strähne von ihrer verschwitzten Stirn und nippte an ihrem Glas. Sören konnte die Augen nicht von ihr lassen. „Was?" drehte sie sich in seine Richtung.

„ Habe ich was im Gesicht?" Sören nahm seine rechte Hand und hob damit etwas ihr Kinn an. „Ja da." näherte er sich ihr und küsste sie. Marie ließ es geschehen, bis sie nach einer Weile sein Gesicht wegschob und ihm ins Ohr flüsterte „Lass uns zu mir gehen. Oder kannst du nicht?" „Doch sehr gerne." War Sörens Erregung in der Stimme zu hören. „Müssen aber den Bus nehmen, ich wohne in der Nähe von Waldgarten." „Ich weiß." Erwidert Sören. „Woher weißt du das? Hast du mir nachspioniert mein Herzchen?" „Quatsch, das stand mal auf deinem Gehaltsumschlag." Sören legte das Geld für die Getränke in die Schale. Dann drängelten sie sich durch die Massen zur Ausgangstreppe. Marie tanzte sich elegant durch die Massen.
Als sie draußen waren, regnete es immer noch. Sofort öffnete Sören seine Jacke wieder und legte sie über Marie ihren Kopf. Dann rannten sie zur nächsten Haltestelle.

6. Kapitel

Fred stand schon eine ganze Weile hinter seinem Tresen und war immer noch damit beschäftigt. Warum der so schnell aus seinem Laden gerannt ist. Der Dicke legte sich gerade die Lippen, er konnte das Büchsenbier trinken. Was eigentlich für Kevin war. „Übrigens ich bin Roland." Reicht er seine dreckige Hand über den Tresen. „Fred angenehm." Schüttelte er ihm die Hand.   „ Der Typ, der Kevin der kommt bestimmt nicht mehr. Kenne solche Typen." Fred nickte nur. „Trink mal aus, ich mach für heute zu. Ist ja auch schon gleich zwölf Uhr." Forderte Fred etwas höflich zum Aufbrechen. Roland griff noch mal zur seiner Dose und schluckte gierig den Inhalt runter. „ Ist schon gut Meister. Verstehe. Bin gleich raus hier." Stellte er die leere Dose auf den Tresen. Fred räumte diese gleich in den Pfandbeutel. „ Na dann noch eine gepflegte Nacht Meister. Und danke für das Bier." Nahm er seine zwei Flaschen Bier und öffnete die Tür. „Tschüss Roland." „ Ja" winkte er noch mal zurück. „ Dreck das regnet ja immer noch." Schlug er sich die

Kapuze von seinem alten Anorak über den Kopf. Ich lauf zur Haltestelle dachte er sich und ging gleich etwas zügiger.

„Prost Kevin du alter Lutscher." Hob David die Flasche hoch. „Ach hööör doch aaauf. Geb heeer den Suuff." Lallte Kevin schon. „Du bist doch schon fertig Alter!" gab David ihm einen Stoß vor die Brust. Kevin verlor das Gleichgewicht und landete etwas unsanft auf der Bank in der Haltestelle. „Auaaa meerkst du waass!" David zündete sich erstmal eine Zigarette und hielt dann Kevin die Schachtel hin. „ Cooolll rauchen. Pafffeen schadet der Geschundheit. Daaa sooll maan een brauunen Pullleer krieegen. Geeilll!" Und zog einen richtigen Lungenzug, damit er gleich Husten musste. „ Mann du bist doch ein Sack Kevin, zwei Flaschen haben wir erst und du bist schon platt." „ Ach höör dooch ufff." Winkt er ab. „ Naja macht ja auch nichts. Trinke ich mehr. Aber eins sage ich dir, das nächste Mal bist du mit klauen dran." „Geeht klaarr." Nickt Kevin. „Ist bloß gut damit wir hier her gegangen sind, wenigstens trocken. Wenn ich an zu Hause denke, der Macker meiner Mutter liegt auf dem Sofa im dreckigen Unterhemd und schnarcht. Und Mutter selbst ist bestimmt wieder auf Achse, schön bumsen immer irgendwo die alte Schlampe. Das ist schon zum kotzen. Wenn ich dann an meine

kleine Schwester denke, zum Glück ist die im Heim." Blickt David jetzt auf Kevin. „Hey Kevin deine Kippe!" David bückt sich runter und hebt sie schnell wieder auf. In diesen Augenblick fällt Kevin zur Seite um. „ Hey Alter schläfst Du?" schiebt David ihn wieder in die Senkrechte.
„ Oh das gibt es doch nicht!" stößt er etwas später Kevin in die Rippen. „Schau mal wer da kommt. Der Penner aus dem Späti." Erschrocken reißt Kevin die Augen auf. „ Muss wohl eingepennt sein." Wischt er sich den Mund am Jackenärmel ab. „ Da schau doch mal!" zeigt David mit dem Zeigefinger links an Kevin vorbei. Dieser dreht seinen Kopf, um zu sehen wer da kommt. „Ach hör doch uuff, was willl deer den hieer?" „Das frage ich ihn auch gleich! Wegen den Penner bin ich beinahe auf das Maul gefallen."
Roland betritt die Haltestelle und schüttelt sich die Kapuze ab. Jetzt sieht er erst im Halbdunkeln die Anderen sitzen. „ Na du Penner:" begrüßt ihn David unfreundlich. „ Lange nicht gesehen Du Vollhonk:" stellt sich David jetzt vor ihm. Von der Statur her ist Roland größer und auch vom Gewicht. Er betrachtet David von oben bis unten. „Junge." versucht Roland ein Gespräch „Junge bleib mal schön ruhig. Ist doch nichts passiert. Ich will kein Ärger. Du willst doch auch kein Ärger

oder?" „ Ach hör doch uff David. Lass doch den Alter." Mischt sich Kevin ein. Roland blickt jetzt kurz in Kevins Richtung und dann gleich wieder zu David. Beide kann er nicht überwältigen, dass weiß er. „ Lass uns doch friedlich eine Lösung finden. Möchte nur den Regen abwarten Kumpel." „Kumpel und Junge. Ein Scheiß bin ich für dir du Penner." „ Tschuldige wollte dir nicht zu nahe treten Chef." „ Halt doch einfach deine Schnauze." will David Roland schubsen. Aber Kevin drängt sich zwischen die Beiden und hält David an den Armen fest. „Lass den Quatsch!" wirkt er jetzt wieder etwas nüchterner. Roland hat sich schnell ein paar Schritte nach Draußen bewegt und beobachtet genau die Beiden. David reißt sich los. „Was soll der Scheiß!" brüllt er Kevin an. „Auf welchen Trip bist du denn? Soll ich Dir auch was auf die Fresse geben?" „ Ach hör doch uff. Lass doch mal den Scheiß. Das ist doch auch nur ein armes Schwein. Komm doch mal wieder runter." David zeigt Kevin einen Scheibenwischer. „ Du bist doch behindert, du Klops." „ Pass uff, noch eine Beleidigung und ich poltre dir eine." Wird Kevin jetzt lauter. Er weiß damit er dem Fliegengewicht David körperlich überlegen ist, auch wenn der mal Judo gemacht hat. David holt Luft. Doch dann dreht er sich um und winkt ab. „ So eine Scheiße sagt er dann. Nur wegen dem Penner da draußen wollen wir uns prügeln." Kommen ihm jetzt die Tränen. „ Dachte du bist mein Freund." Setzt er sich auf die Bank. „ Ach hör doch auf, bin doch dein Freund:" setzt Kevin sich neben ihm und legt David seinen Arm um die Schulter. „ Los wir trinken erst mal was!" dreht er die Flasche auf und reicht sie David. „ Nun nimm schon ein Schluck." „Gib her den Dreck!" greift sich David die Flasche und setzt an zum Trinken.

„Los Dicker kannst wieder rein kommen. Musst nicht im Regen stehen." Ruft Kevin. Roland betritt misstrauisch und vorsichtig die Haltestelle. Von der Seite aus hat er immer ein Auge auf David. „ Ist nett von dir Junge. Bin auch gleich wieder weg. Nur den Regen abwarten. Störe euch auch nicht." „Ja du pass bloß auf. Sonst …!" fängt David weiter an zu stänkern. „ Ach nun hör doch auf." Blickt er zu David und dreht sich dann gleich wieder um. „ Wie heißt du überhaupt. Oder haste kein Name?" „ Der heißt Penner oder Stinker!" „Ach hör doch auf, jeder hat einen Name. Ich heiße Kevin, genau wie der alleine zu Hause. Das da ist …" „Schnauze Kevin!" „Roland." Kommt es leise, fast unhörbar. „ Na siehst, der Roland. Wusste ich doch, jeder hat einen Name. Stimmst David!" „Du bist so ein Honk Alter. Warum sagst du denn nicht gleich deine Adresse. Kann er schön im Späti, Bescheid sagen." „ Wieso Fred weiß doch wo ich wohne." „ Aua das tut richtig weh." Schüttelt David den Kopf.

7. Kapitel

„ Darf es noch etwas sein? Ein Digestif? Wir hätten da im Angebot einen Weinbrand, einen Obstler oder ein Likör." Steht der Kellner fragend am Tisch. Karin blickt zu ihrer Begleitung. „ Nein Danke ich glaube nicht. Nur noch die Rechnung bitte." „Geht das zusammen? Und in Cash oder Karte?" „ Nur Bares ist Wahres." Der Kellner nickt und blickt dabei Karin an. Dann verschwindet er. „ Immer dieses Personal." Sagt ihr Gegenüber und spielt dabei an seinem Klunker am Finger rum. Karin lächelt ihn an. „ Du bist mir ein Luder. Aber gleich gehen wir ja." Der Kellner tritt leise an den Tisch und stellt die Schale mit der Rechnung, auf die Seite des Mannes. Der holt seine Geldbörse raus und legt einen Hundert Euroschein unter die Serviette. „ So ist es gut." Sagt er zum Kellner. „ Vielen Dank und noch einen angenehmen Abend." Verlässt er mit der Schale den Tisch. Karin ihr Gegenüber kommt nun und reicht ihr den Arm. „ Los du kleines Luder. Ich habe uns ein Zimmer gemietet." Karin bleibt mitten im Hotelfoyer stehen. „Was ist los? Warum bleibst du einfach stehen?" „ Abgemacht war nur der Abend und nicht mit auf das Zimmer kommen." „ Wieviel?"

Karin stutzt. „So etwas mache ich eigentlich nicht." Der Mann schaut sie an „ Nun komm, lass uns Spaß haben. Bekommst auch was dafür." Bedrängt er sie weiter. „ Nun zier dich doch nicht so!" Karin überlegt.   Widerwillig sagt sie „ Die Vierhundert und nochmal Vierhundert." Der Mann macht dicke Backen, aber seine Augen leuchten schon vor Geilheit. „ Stolzer Preis. Aber dafür ohne Kondom und sonst alles." Flüstert er in ihr Ohr. „ Kein Anal." „ Du bist mir ein Luder. Lass uns endlich gehen." „Erst das Geld." „Das bekommst du sofort oben im Zimmer." Karin geht weiter, bis zum Fahrstuhl.

Nach Drei Stunden betreten sie wieder das Hotelfoyer. Der Mann geht an die Rezeption und begleicht die Rechnung. „ Es war uns eine Ehre Herr Wittmann. Besuchen sie unser Haus bald wieder mit ihrer Begleitung." „ Vielen Dank. Könnten sie noch ein Taxi bestellen?" „Das ist schon geschehen Herr Wittmann." Dieser nickt und geht dann auf Karin zu. „Komm du kleines Luder. Du warst wieder eine Wucht." Treten sie in die Nachtluft. Regen fällt vom Himmel und Herr Wittmann rennt sofort zum Taxi was vor der Tür steht. „ Komm" hält er Karin die Türe auf. Schnell huscht sie auf den Rücksitz. Er setzt sich neben sie und sagt eine Adresse zum Fahrer. Das Taxi fährt langsam los. Karin schaut Herr Wittmann an. „Das ist aber nicht meine Richtung." Der grinst nur widerlich und lässt seine Finger knacken. „ Leider kann ich dich heute nicht nach Hause fahren. Ich bringe dich bis zur deiner Haltestelle. Dann steigst du in deinen Bus. Vielleicht machst du noch ein Geschäft. Oder kannst dir dann von da ein Taxi rufen." Karin sieht ihn verstört an. „ aber vorher werde ich dich noch im Taxi etwas bearbeiten. Gebe dir noch hundert extra wenn du mir ein bläst." Legt er einen zweihundert Euroschein auf den Sitz. „Was soll ich? Das will ich nicht?" „ Du Luder nun weine mal nicht." Greift er an ihren Busen und legt die andere Hand sofort unter ihren Rock. „ Hab dich nicht so. Mach deine Beine breit." Versucht er sie zu küssen. „ Hören sie auf, das will ich nicht." Wehrt sie sich. Aber er reißt schon an ihrer Strumpfhose und Slip rum. „ Hände weg da du geile Sau. Das war nicht abgemacht. Bitte!" ruft sie jetzt. „Bitte können sie hier anhalten! Bitte halten sie an!" Der Taxifahrer blinkt und fährt rechts ran. Dann dreht er sich nach hinten um. „Gibt es Probleme?" „ Fahren sie weiter Mann!" brüllt ihn Wittmann an. „Halt lassen sie mich erst aussteigen." Mit einer Hand öffnet Karin die Autotür und mit der anderen haut sie dem Wittmann

ihre Handtasche auf den Kopf. „Du Schwein!" schreit sie ihm ins Gesicht und greift dann noch zu den losen zweihundert Euroschein. Dann schmeißt sie die Autotür zu. Wittmann schaut ihr fassungslos hinterher. Das Taxi blinkt und reiht sich wieder in den Verkehr ein.
Karin läuft mit der Handtasche über den Kopf gehalten erstmal zu einem Baum. Dort richtet sie erstmal ihre Kleidung. Das geile alte Schwein denkt sie. Perverse Sau der alte Bock mit seiner dicken Wampe und kleinen Schwanz. Was kann ich dafür, wenn der schon gleich abspritzt. Nur wenn er mich nackt sieht. Zum Glück hat er das Geld vorher gegeben, schön achthundert Euro. Küsst sie jetzt noch den Zweihundert Euroschein. Das lässt sie freudig strahlen. Aber jetzt muss ich mich erstmal orientieren. Wo bin ich denn hier überhaupt? Mit suchenden Blick versucht sie sich zu orientieren. Da ist eine Bushaltestelle. Super ich bin gerettet denkt sie oder soll ich doch lieber ein Taxi rufen. Nein erstmal schauen. Auf dem Fahrplan steht, null Uhr fünfzehn kommt der nächste Bus. Wie spät ist es überhaupt. Null Uhr neun. Dann warte ich. Sie setzt sich auf die Bank. Die High Hills drücken an den Füssen, einen zieht Karin sich aus und massiert ihren Fuß. Mit der anderen Hand hält sie ihre Handtasche

krampfhaft fest.
„ Wau endlich geschafft." Ruft Sören und stürmt mit Marie in die Haltestelle. Sören schüttelt seine nasse Jacke aus. „Guten Abend" sagt Marie zu Karin. „Guten Abend." Antwortet sie und zieht schnell wieder ihren Schuh an. „ Noch so spät unterwegs? Nicht damit es mich was angeht." „Dann frage auch nicht Sören." Kneift Marie ihn in die Hüfte. Sören hat fast vergessen damit Marie bei ihm ist. Da steht sie neben ihm und hält seine Hand. Die Marie. Und dabei wäre er heute fast gefeuert worden. „Sören träumst du?" zieht Marie an seiner Hand. „Der Bus Kommt."

8 Kapitel

Den Blinker nach rechts gesetzt, fährt Hannes seinen Bus ganz ruhig in die Bushaltestelle. Ein Knopfdruck und die vordere Tür schwingt auf. Gleichzeitig geht auch die mittlere Tür auf. Hinten steigt die Gruppe mit den acht Personen aus. Das kann er gut im Spiegel einsehen und beobachten.
„ Sie möchten wohin?" wendet er sich jetzt den Einsteigenden zu. „Zweimal Waldgarten." Legt Sören vier Euro hin und nimmt von Hannes die ausgedruckten Fahrscheine entgegen. Marie ist schon durchgegangen und hat sich auf die rechte Seite, kurz vor der zweiten Tür gesetzt. Sören folgt hier und sieht dabei auf das alte Ehepaar, das immer noch schläft. „ Und sie junge Frau?" frägt Hannes jetzt Karin. „ Einmal Waldgarten." „Das macht zwei Euro." Lächelt er Karin an und gibt ihr den frisch gedruckten Fahrschein. „ Habe es nur so." zeigt sie ihm einen fünfzig Euroschein. „Oh das ist nicht gut, ich kann nicht wechseln." Blickt er in seine Wechselkasse. Hannes pustet einmal durch seine Zahnlücke und grault sich seine schwarzen Locken. Mit der anderen Hand schließt er schon die Türen. „Gehen sie schon durch." Lächelt er sie wieder

an. „ Sie sind ein guter Mann, vielen Dank." Nimmt Karin gleich den ersten Sitz ganz vorne. Hannes ist schon wieder im Fahrermodus. Kupplung treten, Gang rein. Kupplung kommen lassen und Gas geben. Die Automatismen funktionieren, da kann auch eine schöne Frau nichts daran ändern. Das ist aber auch eine schöne Frau denkt er und blickt im Spiegel unauffällig rüber zu Karin. Ihm ist schon klar, damit bei ihr irgendwas nicht stimmt. Dafür hat er einen Blick entwickelt in den letzten vielen Jahren. So aufgebretzelt, das schicke viel zu kurze Kleid. Und die Figur, dann um die Zeit in der Gegend. Aber was geht es mich an, noch eine dreiviertel Stunde, dann bin ich in Waldgarten und habe erstmal Pause. Eine schöne Tasse Kaffee aus der Thermoskanne und eine Zigarette. Schaut er auf den Verkehr und freut sich schon darauf.
„ Mit der hat doch vorhin was nicht gestimmt." Flüstert Sören Marie ins Ohr. „ Weiß nicht. Ist mir auch egal." Marie blickt aus dem Fenster ins Nichts. Auf der Scheibe spiegelt sich Sören sein Gesicht. Ob es ein Fehler ist ihn mit nach Hause zu nehmen. „ Sören mein Herzchen hast du nun eine Freundin? Oder wie sieht es bei dir aus?" will sie ihn etwas provozieren. „ Wie meinst du das? Denkst du etwa ich bin schwul?" „ Nein um Himmels Willen, aber

ich würde gerne hier im dunklen Bus befummelt werden." Sören ist verblüfft über so viel Direktheit. „Was willst…" kann er seinen Satz nicht mehr beenden. Marie hat schon ihre Hand in seinem Schritt. Sofort bekommt er einen Ständer. Sie öffnet seine Jeans und fasst in seine Unterhose. Mit ihrer warmen Hand ist sie jetzt bei seinem steifen Glied. „ Oh" kann er gerade noch sagen, als ihre Lippen sich auf seine drücken. Ihre Zungen treffen sich voll Begierde und sie reibt dabei immer noch an seinem Glied. Dann zieht sie die Hand zurück und küsst ihn dabei immer noch weiter. So überraschend wie sie begonnen hat, hört sie auch wieder auf. „ So genug." Sagt sie auf einmal. „ Den Rest heben wir uns für nachher auf." Leckt sie ihm über das Gesicht. Sören ist sprachlos. In der Hose pocht es wie wild. Ein Glück denkt er, fast hätte ich in die Hose gespritzt. Er legt seinen Kopf nach hinten und atmet erstmal tief durch. Auf einmal klingelt wieder Maries Smartphone. Die Melodie von „Herr der Ringe" durchdringt die Stille des Buses. „ Ja Hallo" nimmt Marie ab.
Heinz öffnet seine Augen. Verschlafen blickt er Berta an. Die atmet leise vor sich hin. Dann schaut er noch ganz verschlafen Karin an. Diese nickt ihm zu. Schnell rubbelt er sich im Gesicht, um

richtig munter zu werden. Er kann nicht erkennen wo sie sich gerade befinden. Der Blick auf die Uhr zeigt, damit es nicht mehr lange ist. Null Uhr achtundfünfzig sollen sie im Waldgarten sein. Jetzt ist es gleich null Uhr fünfunddreißig. Verlegen sieht er noch mal zu Karin rüber. Der Blick fesselt ihn. So ein zartes Geschöpf denkt er und dann noch so schön. Ihm fällt aber nichts ein, wie er sie ansprechen könnte. Rasch schaut er wieder aus dem Fenster und versucht dort das Spiegelbild von ihr zu finden. Dabei muss er irgendwie an Berta gekommen sein. „Was machst du denn?" brummt sie „Nichts schlaf noch ein wenig." Versucht er sie wieder zu beruhigen.

„Ist gut. Ja treffen uns. Nein gegen Mittag wäre besser. Bis dann Tschau. Ja ich dir auch." Legt Marie auf und steckt das Smartphone wieder in die Tasche. Sören blickt sie fragend an. „Was?" möchte sie von ihm wissen. „Warum schaust du so komisch. Ich habe telefoniert mein Herzchen." Und tippt ihn mit den Zeigefinger auf die Nase. „Es war mein Bruder. Frage doch ruhig wenn du etwas wissen willst." Über Sören sein Gesicht huscht ein Lächeln. Zufrieden schaut er wieder aus dem Fenster. Dabei drückt er Marie ihre Hand.

9 . Kapitel

Sie sitzen gebückt im Spielhaus auf einem Kinderspielplatz. Die Brüder Kulmer, Maik und Bernd. Beide verurteilt zu lebenslanger Haft wegen Doppelmord und mehrfacher Vergewaltigung. Ausgebrochen bei der Überstellung in die Krankenstation. Flüchtig nach einem Banküberfall. Maik der Ältere, naiv und Gewaltbereit. Bernd der Jüngere, das Hirn und Gewaltbereit.
„Wir müssen hier weg Bernd." Kann Maik seine Unruhe nicht mehr verbergen. „ Wir sollten aus der Stadt raus. Hier drinnen können wir doch nicht bleiben Bernd. Nun sag doch mal was." Bernd spielt mit der Zunge an seiner Zahnlücke und blickt in den Regen. „ Ich habe vorhin eine Bushaltestelle gesehen." Fasst er sich beim Erzählen ans Kinn. „Wir nehmen den Bus und fort." Zieht er sich an seinem Ziegenbart. „ Genial. Mit den Bus bis nach Spanien in die Sonne. Freut sich Maik. „ Quatsch Spanien, die liefern uns doch aus. Wir müssen Richtung Osten, irgendwas mit Albanien oder Rumänien. Von da aus ab nach Südamerika, Argentinien oder Chile." Maik ist gleich ganz aufgeregt. „ Los komm!" fordert er Bernd auf. „ Vergesse die Tüten mit dem Geld nicht." „ Hier sind sie

doch." Hebt Maik die Tüten in die Luft. „Mach dahinten kommt der Bus!" ruft Bernd und spurtet schon los. In seiner rechten Hand hat er das zehn Zentimeter lange Messer und in der linken die Waffe vom Wachmann.

„ Du bist also Roland?" reicht Kevin die Flasche Whisky zu David. „ Richtig." Gibt er nur etwas wortkarg von sich. David mustert ihn immer noch misstrauisch. „ Ihr kennt euch oder?" „Halts Maul Penner! Wer will das wissen? Hat dich der Spätibesitzer geschickt?" stellt sich jetzt David wieder hin. „ Ach hör doch auf." Du bist jetzt mal leise Kevin. „ Was?" „Ruhig!" hält David den Finger vor den Mund. „ Da kommt noch jemand." „Ach hör doch auf. Der Bus kommt. Da schau doch mal." Zeigt Kevin mit dem Zeigefinger hinter David nach draußen.

„ Schnauze Kevin." Lauscht David und blickt sich nach hinten um. Roland springt auch auf, er kann auch die schnellen schweren Schritte hören, aber den Bus sieht er auch. David geht aus dem Haltestellenhaus und schaut rechts in die Richtung der Lichter. Aber nichts zu sehen. Die Schritte kommen am Rand aus dem dunklen Schatten der Parkbäume. Roland packt seine Flaschen wieder ein. Hier stimmt irgendwas nicht, denkt er. Das gibt bestimmt gleich Ärger. „ Ich hau ab!"

Kevin versteht nicht was passiert. „Ach hör doch auf, kommt doch nur der Bus." Zusammen treten sie aus der Haltestelle. Der Regen ist fast vorbei.
David sieht zwei dunklen Gestalten auf sich zu rennen, aber es ist zu spät. Sofort springt ihn der Kleinere an und stürzt mit ihm zu Boden. Er bekommt eine Faust ins Gesicht. „Los Maik geh und schaue wer noch da ist." Wirft Bernd ihm die Waffe zu. Maik läuft um die Haltestelle, in dem Augenblick kommt gerade Kevin raus. „ Rein du Arsch!" schreit Maik ihn an. „ Du auch Penner!" „ Ach hör doch auf. Was soll denn der Scheiß?" „Schnauze du Hirni!" schreit Maik ihn an und hält ihnen die Waffe vor die Nase. Dann sieht Kevin wie David um die Ecke kommt, mit einem Messers am Hals. Blut läuft ihm aus der Nase. „ Schnauze ihr Hunde!" brüllt Bernd jetzt laut alle an. „ Passt auf. Wir werden jetzt Bus fahren und keine Macken. Sonst!... Los raus mit Euch. Du auch Penner!" fordert Bernd sie auf raus zu kommen.

Hannes blinkt rechts an und fährt in Haltestellenbucht. Schon von weitem hat er die Personen stehen sehen. Er bremst seinen Bus und irgendetwas lässt ihn zögern die Tür zu öffnen. Doch dann drückt er auf den Knopf und die Tür schwingt auf. Dann geht alles rasant schnell. David

stolpert in den Bus, hinter ihm mit dem Messer in der Hand Bernd Kulmer. Hannes drückt sofort auf den Türschließer. „Mach die Türe wieder auf du Arsch. Oder ich schneide ihm die Kehle durch." Karin schreit ganz laut. „Schnauze" brüllt er sie an. Blut tropft an Bernd seiner Hand runter. David stehen die Tränen und die Angst im Gesicht. Hannes schaut auf David und dann auf Bernd. Dann sieht er nach draußen. „Denke nicht daran!" warnt ihn Bernd. „Spiele hier nicht den Helden. Du machst jetzt schön die Türe auf. Und lässt noch alle einsteigen." Drückt er das Messer tiefer in David seinen Hals. Blut läuft über die Klinge und David sein Gesicht verzerrt sich schmerzerfüllt. Hannes drückt den Türöffner. Bernd schiebt David weiter in den Bus und tritt ihn dann mit den Fuß in den Rücken. So dass er mit dem Gesicht und bauchlängst im Gang landet. Jetzt stolpern Kevin und Roland in den Bus. Hinter ihnen steht Maik und richtet die Waffe auf beide. „ Tür zu! Und los fahren!" brüllt Maik. Hannes schaut in die angsterfüllten Augen von Kevin, dann blickt er zu Karin rüber. Diese hat sich vor Schreck neben den Sitz gebeugt und ganz klein gemacht.
„Nein lassen sie uns aussteigen:" jammert Berta.   „ Schnauze Oma!" bekommt Heinz eine von Bernd mit der

Faust auf den Kopf geschlagen, als er sich schützend vor Berta stellen tut. „Fahr jetzt los!" steht jetzt Bernd ganz nah bei Hannes. Mit einer kurzen Bewegung schneidet er das Headset zur Zentrale durch. Und legt dann das Messer an Hannes seinen Hals. „ Maik bring alle nach hinten. Und schau was da noch so sitzt." Und dann in Hannes seine Richtung. „Mach das Licht im vorderen Teil an." Hannes zögert noch „Los du Arsch!" bohrt er das Messer tiefer in Hannes sein Hals. Blut läuft ihm warm den Hals runter. Schnell betätigt er den Knopf. Die ersten vier Reihen im Bus sind erleuchtet. „Gut gemacht. Nun fahr!"
Hannes setzt den Blinker und bringt seine Bus wieder zum Rollen. „ Na geht doch:" Stellt sich Bernd zufrieden in den Gang. „ Immer schön Gas geben."
„ Was soll das?" will Sören sich gerade aus den Sitz erheben. Da schlägt Maik ihm schon mit der Waffe ins Gesicht. Ein Zahn fliegt auf Marie ihren Arm. „Nein! Aufhören!" schreit Marie. Sören bricht mit blutenden Gesicht zusammen. Maik zieht Sören an den Haaren wieder hoch. „ Na du Wichser komm hoch!" reißt er ihn aus den Sitz. „ Du auch! Und halt ja deine Schnauze du Schlampe." fuchtelt er mit der Pistole in Marie ihre Richtung. „ Ab nach vorne mit euch!" Marie geht vorsichtig an

beiden vorbei. „ Oh hast du einen geilen Arsch:" greift Maik ihr auf den Hintern. Schnell rutsch Marie in eine vordere Reihe. Maik schmeißt Sören neben sie. „Du Waschlappen." Auf der anderen Seite sitzt David, er liegt mehr als er sitzt an die Scheibe angelehnt vor Schmerzen. Kevin hat sich daneben gesetzt und weiß nicht was er machen soll. Roland wurde bei Karin reingeschubst. „ Waffe her Maik!" „Warum? Kann ich auch gut gebrauchen." Bernd schüttelt den Kopf und hält die Hand hin. Ohne weitere Worte gibt Maik ihm die Waffe.

„ So jetzt schön zu hören. Wenn ihr alles macht was wir sagen, wird keinem was Ernsthaftes passieren. Hast du verstanden Busfahrer?" hält er jetzt die Waffe auf Hannes. „Du fährst, immer raus aus der Stadt und keine falschen Tricks." Bernd macht eine winkende Handbewegung zu Maik. Bernd flüstert ihm etwas ins Ohr. Maik nickt jedes Mal und grient dabei. Maik geht jetzt in Kevin seine Richtung. „ So zu hören. Alle Handys in den Beutel!" zeigt Maik seine Einkaufstüte. „ Wir sagen das nur einmal." Unterstützt Bernd die Forderung.   „ Los du zuerst, Du Zombie!" Kevin schaut ihn ungläubig an. „ Ach hör doch..." „Schnauze!" haut ihn Maik eine auf die Nase. „ Aua, au." Läuft Kevin das Blut

durch die Finger, weil er sich mit der Hand die Nase hält. „ Dein Handy!" Kevin zieht mit der anderen Hand sein Handy aus der Tasche und wirft es in den Beutel. „ Du auch!" Ohne große Widerworte legt David sein Handy in Maik seine Hand.
Marie schiebt ihr Handy schnell unter den Sitz, als sich Maik zu Sören umdreht. „Hey Waschlappen dein Handy!" Sören seine Lippe ist stark geschwollen und der eine Eckzahn fehlt. Mit ernster Miene wirft er sein Handy in den Beutel. „ Und du Schlampe, wo ist dein Handy?" Marie reagiert nicht, verängstigt schaut sie nach unten.   „ Ich rede mit dir du Schlampe." Beugt sich Maik jetzt wütend rüber und packt sie an den Haaren. Er zieht sie über Sören hinweg in den Gang. Marie schreit „Nein, lass mich los!" Und strampelt mit Armen und Beinen. Sören versucht sie fest zuhalten. Mit beiden Armen umklammert er sie. Maik lässt erst mal Marie ihre Haare los. Dann schlägt er mit seiner Faust Sören mit voller Wucht gegen den Kopf. Sören lässt noch nicht los und Maik schlägt gleich noch einmal zu. „ Nein!" schreit Marie „Aufhören, hör auf du Schwein!" weint sie jetzt. Sören fällt nach rechts rüber auf den Sitz. „ Na geht doch." Packt Maik jetzt Marie am Arm und zerrt sie in den Gang. „Dich werde ich erstmal einreiten." Will er sie nach hinten ziehen. Hannes

sieht das im Rückspiegel und wie aus dem nichts, tritt er in das Bremspedal und macht eine Vollbremsung. Die Räder des Busses quietschen. Mit viel Kraft muss er den Bus in der Spur halten. Das Lenkrad und der ganze Bus vibrieren. Bernd verliert dabei sofort das Gleichgewicht und stolpert nach vorne. Maik fliegt in den Gang und landet auf den Knien. Der Bus steht, schnell macht Hannes die Warnblinkanlage an. Angstschweiß überkommt ihn. Er möchte am liebsten aufstehen und den Typen eine ins Gesicht hauen. Aber er schaut nur kurz in den Rückspiegel und zu Bernd rüber. Sei Körper ist so angespannt und wartet nur auf das was kommt. Er spürt seine Halsschlagader pulsieren und seine Hände werden sofort ganz feucht.
Marie krabbelt schnelle und voller Angst über Sören hinweg auf ihren Platz zurück und macht sich ganz klein. Dieser schaut sie schmerzverzerrt an, aber dann auf einmal lächelt er sie an. Sie lächelt zurück und wischt ihm schnell mit der Hand das Blut von seinem Auge. Bernd steht schon wieder und schlägt ohne ein Wort zu sagen Hannes eins mit der Pistole auf die Hand. „Willst du sterben du Arsch?" drückt er jetzt Hannes das Messer an die Kehle. „Mache das nie wieder! Ich erschieße dich!" blickt er Hannes ins Gesicht. Dieser zeigt keine Regung. „Nun fahr weiter oder ich

verpasse dir noch eine." Maik ist auch schon auf den Beinen und kommt nach vorne gestürmt. Voller Wut schreit er. „ Wo ist das Schwein, den erwürge ich!" Bernd hält ihn mit einer Hand auf. Er zieht ihn zu sich ran und flüstert ihm was ins Ohr. „ Na gut, aber das nächste Mal gehört er mir!" dreht sich Maik enttäuscht wieder um. „ Los fahr jetzt!" stößt Bernd Hannes an den Kopf. „ Hier wird keiner vergewaltigt." Sagt Hannes leise, aber deutlich.   „ Was hast du gesagt? Habe es nicht verstanden." Hält Bernd seinen Kopf an Hannes sein Gesicht. Ganz nah ist er ihm, Hannes kann seinen schlechten Atem riechen. Er hält kurz die Luft an. „ Keine Vergewaltigung." Wiederholt er seine Worte nochmal lauter. „ Pass auf Busfahrer, du gibst hier keine Befehle, aber es ist in Ordnung Busfahrer. Fürs erste. Fahr einfach los!" Lacht jetzt Bernd. „Maik sammle die Handys ein und lass die Schlampe noch sein."

10. Kapitel

Der Bus rollt wieder, Hannes gibt Gas, obwohl im an der rechten Hand der kleiner Finger wie verrückt schmerzt. Hannes fühlt damit der Finger gebrochen sein muss von dem Schlag. Beim Blick auf die Uhr sieht er damit es Ein Uhr durch ist. Sicher hat Moni schon versucht ihn zu erreichen. Gleich fahren sie durch Waldgarten. Die Station vorher war ohne einen wartenden Passagier gewesen und er konnte sein Tempo gleichmäßig weiter fahren. Was aber auch schade war, sonst hätten die sich beschweren können in der Zentrale.
„Hast du alle Handys?" Maik schüttelt den Beutel aus. Fünf Handys fallen auf den Boden und zwei Bündel fünfhundert Euroscheine. „ Bist du blöde, pack das Geld wieder ein!" brüllt er Maik an. Schnell greift dieser zu dem Geld. Roland wirft einen kurzen unauffälligen Blick auf alles. Schnell dreht er seinen Kopf wieder zur Seite. „Nur fünf? Was ist mit den anderen?"„
Der Penner hat keins. Und bei der Schlampe da hinten müsste ich mal überall nachschauen." Grient Maik. Bernd schaut zu

Roland rüber. „Hey Penner was hast du in deinem Sack? Gib her das Ding!" reißt er Bernd an seinen Rucksack. „Los Maik schau nach." Fordert er seinen Bruder auf. Der schaut angeekelt auf den Rucksack. „Pack du den aus Penner! Das fasse ich nicht an." Weigert sich Maik. Roland steht von seinem Platz auf und beugt sich über seinen Rucksack. „Ich habe so etwas nicht." Versucht er es zu verzögern. Heinz schaut zaghaft zu, sein rechtes Auge ist zu geschwollen und ihm ist so übel. Er sieht noch wie Roland eine alte Decke raus zieht. Dann kann er es nicht mehr halten, er versucht es zu unterdrücken, aber der Würgereiz ist stärker. Mit einem hustenden Geräusch erbricht er sich. Er trifft fast Maik seine Schuhe. „Du Dreckschwein!" schreit Maik und springt nach hinten. Heinz kann sich nicht mehr halten, er fällt nach vorne über auf das Erbrochene und auf Roland seinen Rucksack. „Steh auf du Scheißer!" tritt Maik ihm mit dem Fuß in die Rippen. Ein lautes Knacken und Stöhnen erfüllt die Stille. „Heinz, Heinz nein nicht doch!" schreit Berta. „Du Unmensch, lass meinen Heinz in Ruhe!" Roland nimmt seine ganze Kraft zusammen und hebt Heinz wieder hoch. „Du siehst nicht gut aus Kumpel." Drückt er ihn in den Sitz und legt ihm seine Decke über. Heinz nickt nur. Berta streichelt ihm über den Kopf. „Setzt dich wieder hin Penner!" schubst ihn Bernd jetzt zurück auf den Sitz. Dann schmeißt er den Rucksack in den hinteren Teil des Busses. „ Los alle Taschen her!" brüllt er jetzt alle an. „Was ist bist du taub du Affe!" steht Maik bei Kevin. Mit blutverkrusteter Nase knetet er seine beiden Hände vor Angst. David reicht die letzte volle Flasche Whisky, die bis jetzt noch nicht kaputt gegangen ist, zu Maik rüber. „ Was haben wir denn da. Das ist gut." Dreht Maik die Flasche gleich auf und trinkt einen großen Schluck. „ Hier Bruder nimm auch einen Schluck!" Bernd schüttelt den Kopf. „Na gut habe ich mehr. Oder willst du was Affe?" Kevin versucht nicht hin zuschauen. „ Affe hast du auch Durst?" kommt jetzt Maik ganz dicht an ihm ran. Oh ist das Übel denkt Kevin, das stinkt wie Scheiße, selbst durch die blutverkrustete Nase kommt der faulige Geruch. Er versucht die Luft an zuhalten. Aber dann geht es nicht mehr. „ Ach hör doch auf, das hält doch keiner aus!" schüttelt er sich. „ Was ist du Affe?" beleidigt ihn Maik weiter. „Ja ich trinke was." Versucht Kevin schnell abzulenken und will zur Flasche greifen. „ Halt nicht so schnell du Affe!" „ Ach hör doch auf, sag doch nicht immer Affe zu mir. Ich bin Kevin, wie der von allein zu Hause." „ Wirklich du heißt Kevin? Wie

Kevin allein zu Hause? Genial. Den Film mag ich." Lacht Maik jetzt. „ Hier Kevin trink!" gibt er ihm die Flasche. „ Hast du gehört Bernd, das ist Kevin." Nimmt er wieder die Flasche. „So das reicht." Dreht er sich zu Sören um. „ Oh meine kleine Schlampe macht Händchen halten." „ Runter Maik!" ruft Bernd durch den Bus. Hannes hat es schon lange im Rückspiegel gesehen. Blaulicht. Im hohen Tempo fährt ein Polizeiauto an ihnen vorbei. Bernd sitzt in Hockstellung und drückt Hannes die Waffe in die Hüfte. „ Keine Tricks!" Nach einer Weile folgen noch ein Polizeiauto und ein Krankenwagen. Maik kommt nach vorne gekrochen. „Was sollen wir machen?" „ Sei ruhig ich muss überlegen." Antwortet Bernd gereizt. Er richtet sich kurz auf, um die Lage zu überblicken. Wenn da jetzt ein Unfall kommt denkt. Dann würden sie fragen warum der Bus nicht auf seiner etatmäßigen Route fährt. „ Fahre da die nächste Straße rechts ab." Stößt er Hannes in die Rippen. Ohne eine Regung zu zeigen, blinkt Hannes nach rechts und reiht sich in die Spur ein. Die angrenzende Straße führt in den Wald und Hannes weiß, hier ist irgendwann nur noch Waldweg. Maik hat in der Zeit Hannes seine braune Aktentasche entdeckt. Er stellt seine Whiskyflasche auf die Erde und öffnet Hannes seine Tasche. „ Futter!"

brüllt er. „ Hier Bernd Stullen mit Schinken." Ganz gierig verteilen sie die Butterbrote und schlingen sie runter. So als hätten sie seit Tagen nichts gegessen. „Was ist in der Kanne?" will Bernd wissen und stößt Hannes das Messer etwas in den Arm. „ Kaffee." Kommt eine knappe Antwort. „ Will ich nicht." Winkt Maik ab. „ Was glotzt du so Penner? Willst du auch Whisky?" Maik hält ihm die Flasche hin. Roland greift gierig danach. „ Halt nicht so schnell." Nimmt er diese wieder an sich. „ Dein Name Tippelbruder?" „ Roland." „ Hier Roland bist doch auch ein armes Schwein." Gierig trinkt Roland den Alkohol.   „ Gut reicht" reißt er ihm die Flasche aus der Hand.
„ Dein Kaffee schmeckt gut Busfahrer. Hat den deine Frau gemacht?" Hannes blickt stur nach vorne und zeigt keine Reaktion. „ Du antwortest nicht. Denke so etwas lernt man bei euch. Musst doch nicht so unhöflich sein Busfahrer." Mit hämischen Grinsen dreht er sich zu Karin um. „ Und du Schwester, wo wolltest du denn hin? Und deine Handtasche geht wohl erst mal zu mir!" Karin hält verkrampft die Tasche fest, so sehr damit ihre Handknöchel weiß werden. „ Wenn ich dich so ansehe, du bist doch eine Nutte oder?" Hannes spannt seinen Körper an, er spürt sofort, damit gleich was passiert. Karin kann ihre

Tränen vor Angst nicht mehr halten. Roland ballt unter seiner Jacke die Fäuste. Berta schaut mit müden Augen zu Karin und sofort wieder aus dem Fenster ins Dunkele. Bernd mustert Karin, er weiß er muss den Busfahrer im Auge behalten. „Maik!" ruft er laut. Dieser dreht sich um. „Gleich." Gibt er zurück. „Bin hier beschäftigt." Nimmt er Kevin wieder den Whisky weg. „Sofort!" brüllt Bernd. „Scheiße verdammte." Meckert Maik beim Laufen. „Was ist los?" „Da die Handtasche verflucht." Zeigt Bernd auf Karin. „Los Schlampe die Handtasche!" brüllt Maik sie jetzt an.   „Oder soll ich erst kommen und dich aus der Reihe holen? Hätte ich richtig Lust darauf. Leckt er sich mit der Zunge über die Oberlippe. Roland bewegt unauffällig seinen Ellenbogen an Karin ihren nackten Arm. „Geben sie ihm die Tasche." Flüstert er ganz leise. Karin weint und schüttelt den Kopf. Mit beiden Händen greift sie noch fester den Handtaschriemen. „Bitte geben sie die Tasche!" versucht Roland noch mal leise auf sie einzuwirken. Maik kommt immer näher „Schlampe mach jetzt!" „Tun sie es bitte!" sagt Roland noch mal ganz leise. „Jetzt werde ich aber sauer. Dir zeigen ich, wer hier was zu sagen hat." Will Maik gerade zuhauen, da greift Roland sich die Handtasche und wirft diese in hohen Bogen

in Richtung von Bernd. „ Was mischt du dich ein Penner. Hau ich dir eine aufs Maul." Ist Maik jetzt wütend. „ Maik es ist gut. Lass ihn wieder los." Maik stößt Roland wieder in den Sitz.
Bernd schmeißt die Handtasche ohne zu öffnen nach hinten in den Bus. „ Frauendreck."
„ Was ist überhaupt mit deinem Kumpel los Kevin? Ist das eine Schwuchtel?" betrachtet Maik schon eine ganze Weile David. „ Ach hör doch auf, der ist nicht schwul. Das ist David." Maik seine Augen beginnen zu leuchten. „ Oh Dawid." Wirft er ihm einen Kussmund zu und leckt sich mit seiner Zunge über den Mund. „Na prima Kevin, du bist so ein Arsch." Fängt David fast an zu weinen. „ Ich will hier raus." Flüstert er leise. Kevin schaut ihn traurig an „ Ich will nicht sterben Kevin." Drückt er nun die Hand von Kevin. Hannes nimmt das Gas weg und bremst den Bus. „ Was ist los? Fahr weiter!" Hannes deutet mit den Kopf nach draußen. Die Asphaltstraße ist zu Ende und ein schmaler Waldweg mit einer provisorischen Schranke liegt vor dem Bus. „ Gib Gas und durch. Ist so und so besser im Wald zu bleiben als auf der Straße." Fordert Bernd Hannes auf.
Hannes tritt die Kupplung, legt den Gang ein und dann mit Vollgas durchbricht er

die Schranke. Die mit großen Krach
auseinander bricht.

11. Kapitel

„Wir werden alle sterben." Beginnt Karin an zu beten: „ Vater unser im Himmel, geheiligt werde Dein Name, Dein Reich komme, Dein Wille geschehe, wie im Himmel so auf Erden. Unser tägliches Brot gib uns heute, und vergib uns unsere Schuld, wie auch wir vergeben unseren Schuldigern, und führe uns nicht in Versuchung,
sondern erlöse uns von dem Bösen. Amen"
Roland hatte auch seine Hände gefaltet und mitgesprochen. Er zieht dann seinen Anorak aus und gibt diesen Karin. „ Zieh ihn an Mädchen." Nickt und zwinkert er ihr zu. Widerwillig greift Karin zu. „ Danke."
Bernd hat das genau beobachtet „ Unser Penner ist ein Gentleman. Der Ritter der armen Gestalt."
Der Bus fährt langsam durch den Wald, immer wieder sind Schlaglöcher mit riesen Pfützen vom Gewitterregen zu durchfahren. Hannes weiß damit dieser Waldweg wenigstens fünfundzwanzig Kilometer lang ist und nur durch Naturschutzgebiet geht. Im Sommer ist er mit Claudi auf Fahrräder hier lang gefahren. Am Ende des Waldes steht ein Häuschen, das alte Forsthaus, welches leer steht. Wenn man den Weg dann

am Haus vorbei weiterfährt, auf einem schlechten Feldweg, umgeben von Feldern. Dann mündet der Feldweg wieder an die Asphaltstraße, wo sie vorhin abgebogen sind. Nur viele Kilometer weiter vorne. Er schaut auf die Uhr im Display die zeigt zwei Uhr elf. Eigentlich müsste er jetzt gleich zurück fahren aus Waldgarten. Die Hoffnung damit heute da Passagiere sind, ist sehr gering. Samstagmorgen und im Waldgarten gibt es nichts für Nachtschwärmer.
„ Wo führt überhaupt der Weg hin? Ist doch nur Wald." Tritt Maik von einem Fuß auf den Anderen. Bernd zieht die Schultern hoch. „Pass mal hier auf." Gibt er Maik die Waffe. „ Mache aber keine Scheiße." Zieht er Maik an sich ran und flüstert ihm leise was ins Ohr. Danach strahlt dieser über das ganze Gesicht. „ Wirklich?"
Bernd nickt nur.
Bernd schlendert durch den Gang. Er kann sehen wie Berta mit verweinten Augen ihren Heinz streichelt. Dahinter sitzen Kevin und der schlafende David. Er läuft bis zum Ende vom Bus und zieht dort aus Roland seinen Rucksack ein Handtuch oder Halstuch. Dann zieht er sich seine Hose runter und scheißt auf die oberste Stufe der hintersten Einstiegstreppe. Nach einer Weile läuft er wieder zurück. Sören vermeidet den Augenkontakt mit ihm. Marie

lehnt an Sören seine Schulter und schließt schnell die Augen. So als würde sie schlafen. Karin hat ihren Kopf zwischen die Schenkel gelegt. Nur Roland ist hellwach. „ Bedürfnisse müssen erledigt werden. Stimmst Penner! Oder wie war dein Name?" „Roland." Kommt es ernst aus seinem Mund. „Waffe." Winkt er Maik heran. „ Geh nachhinter und pass da auf. Aber lass die Typen alle mal in Ruhe." Weist er wieder Maik ein. Der läuft wieder in Höhe zu Kevin. „ Wie lange noch Busfahrer?" Drückt Bernd die Waffe an Hannes sein Kopf. Hannes schaut konzentriert in den Lichtkegel. Die Waffenmündung fühlt sich kalt an der Schläfe an.   „ Taub bist du doch nicht oder?" wird Bernd langsam ungeduldig. „ Gut wenn du nicht antwortest, dann muss ich halt den Penner erschießen." Richtet er jetzt die Waffe auf Roland. Dieser reißt seine angsterfüllten Augen auf und blickt dann genau in die Pistolenmündung. „ Bis fünf rückwärts:" Berta springt jetzt hoch. „ Hören sie doch auf mit diesem Mist!" fuchtelt sie mit den Händen vor der Waffe rum. „ Wieso sind sie so böse?" fängt sie zu weinen an. „ Oma setzt dich hin!" schubst Maik sie wieder auf den Sitz. „ Noch zehn Kilometer, Zwanzig Minuten noch ungefähr, dann sind wir bei dem Tempo aus dem Wald." „Na geht doch Busfahrer", lässt Bernd die Pistole sinken. Auf einmal fängt Bernd an zu schreien. „Halt an! Los sofort anhalten!" Hannes ist ganz perplex über die heftige Reaktion. Sofort tritt er auf die Bremse und stoppt den Bus. „Mach den Motor aus. Los mach schon." Hannes dreht den Zündschlüssel und der Motor verstummt. „Steh auf." Wedelt er mit dem Zeigefinger vor Hannes rum. „Komm schon!" drückt er Hannes die Pistole an den Kopf. Eine beängstigte Stille zieht durch den Bus, selbst Maik ist von der Reaktion überrascht. „Was hast Du vor Bruder?" Hannes steht kerzengerade im Gang. „Sie müssen das nicht tun. Hören sie?" kommt es, fast durch seine Angst erstickt, aus seinem Mund. „Was soll ich nicht tun? Hast du Angst? So ein Kerl!" lacht Bernd. Hannes dreht sich ganz langsam um und schaut Bernd direkt in die Augen. „Angst? Sicher. Aber wenn du mich erschießen willst, dann nur von vorne." Hannes kommen jetzt die Tränen. „Los knall ihm das Ding zwischen die Stirn!" feuert Maik seinen Bruder an. Bernd reibt sich seinen Bart am Kinn. „Hast Eier Busfahrer. Aber ich wollte dich nicht erschießen. Tut mir leid. Aber ich werde es mir merken." Nur keine Schwäche zeigen denkt Hannes und atmet tief durch. „Los fessele ihm die Hände Maik, aber auf den

Rücken!" stößt Bernd ihn in dem Gang weiter. „ Womit denn?" Bernd schaut kurz zur Seite und reißt eine Fenstergardiene ab. „Hier und hinten am Rucksack vom Penner habe ich Kabelbinder gesehen. Da wo der Topf dran ist." Maik geht nach hinten. „ Nö was ist das denn? Hier hat einer hingeschissen." Maik kommt wieder nach vorne gestürmt und zieht Kevin am Arm hoch. „ Los du holst den Kabelbinder!" Kevin schaut erstmal ahnungslos zu Bernd und dann Hannes ins Gesicht. „ Ist schon in Ordnung." Nickt Hannes ihm zu. „Los jetzt." Stößt Maik Kevin von hinten in die Rippen. Als Kevin hinten ankommt „ Oh ach hör doch auf hier, was ist denn das für ein erbärmlicher Gestank. Das ist ja abartig." Hält er schnell die Luft an. Mit der Hand versucht er den Kabelbinder zu öffnen. Es klappt nicht gleich. „ Wie lange noch?" wird Bernd ungeduldig. Beim dritten Versuch hat Kevin den Kabelbinder geöffnet. Kurz stockt er, die Handtasche von Karin ist aufgesprungen. „ Ach hör doch auf!" sagt er ganz leise zu sich und schiebt die Handtasche noch weiter nach hinten. „Ich dachte schon du kommst gar nicht mehr A..., ach nee Kevin." Nimmt Maik den Kabelbinder und schiebt Kevin wieder auf seinen Sitz. Dann fesseln sie Hannes und setzten ihn hinter Kevin. „ So jetzt ist Pause!" bestimmt Bernd und flüstert Maik leise was ins Ohr. Dieser nickt wieder zustimmend. „Busfahrer." Sitzt Bernd jetzt Hannes genau in der anderen Reihe gegenüber. „Morgen früh geht es weiter. Ich muss erstmal etwas schlafen. Brauche einen klaren Kopf. Und du auch." Redet er fast vertraulich mit Hannes. Dieser blickt nur nachdenklich auf den Hinterkopf von Kevin. In seinem Kopf arbeitet es. Es muss doch einen Weg geben diese Typen zu überwältigen, denkt er. Dabei wird er von der Seite von Bernd gemustert. „Was denkst du Busfahrer? Wie kann ich die Schweine ausschalten oder? Gib es zu, das wurmt dich. Aber ich würde nicht daran denken. Es würde bestimmt jemand sterben. Und das willst du doch nicht! Oder?" Hannes antwortet nicht und schließt seine Augen. Bei geschlossenen Augen kann er am besten denken. Nur nicht provozieren lassen, geht ihm durch den Kopf. So sieht Hannes nicht, wie sich Bernd zwei starke Morphium Tabletten in den Mund steckt und trocken, ohne etwas nach zu trinken, runter schluckt.

12. Kapitel

Moni ist etwas nervös, es ist zwei Uhr sechsundvierzig und sie hat noch nichts von Hannes und seinem Bus sechs drei vier gehört. Erreichen konnte sie ihm auch nicht. Eigentlich meldet er sich immer, zur Hälfte der Tour. Als sie selbst versucht hat ihn zu erreichen, war keiner ran gegangen. Sie überlegt wenn sie fragen könnte, denn es ist schon merkwürdig. Aber eigentlich auch nicht. Bis jetzt kam noch keine andere Meldung, sei es von irgendeinen Passagier oder von der Polizei. Was natürlich das schlimmste wäre.   Bestimmt ist ihre Nervosität auch nur so groß, weil Hannes vor langer Zeit mal ihr Mann war. Das ist jetzt aber schon zwölf Jahre her. Nun hat sie Rolf und er seine Claudia. Obwohl es schwer war für sie. Die erste Zeit nach der Trennung war die Hölle. Nicht nur für sie, sondern auch für Hanna. Ihre gemeinsame Tochter. Gerade sieben Jahre war sie. Wie aus dem nichts kam Hannes sein Entschluss, so hat es sich jedenfalls angefühlt. Sie sieht es noch, als wäre es heute gewesen. Es war ein Freitag im November. Das Wochenende wollten sie eigentlich zum Geburtstag ihrer Freundin fahren. Und Hannes sagt einfach, er kommt nicht mit. Einfach so. Er kann nicht mehr länger lügen. Das er ungefähr Anfang September beim Sport, beim Bogenschießen, eine Frau kennen gelernt hat. Und sich in sie verliebt. Das sagte er einfach so nach fast zehn Jahren Ehe. So ist Hannes aber, wenn er was macht, dann macht er es richtig oder gar nicht. Das ist aber zum Glück schon lange her. Doch bleibt Hannes in Gedanken immer ihr Hannes. Auch mit Hanna hat er seinen Frieden gefunden. Nein falsch, er wurde für Hanna der beste Vater den sie sich wünschen konnte. Manchmal so sehr damit man eifersüchtig darauf werden konnte. Dadurch hatte es auch Rolf sehr schwer bei Hanna. Rolf, das war ein langer Weg. Was hat er nicht alles versucht vor sechs Jahren. Wie hat er sie umworben. Aber da war immer noch ganz fest Hannes in ihrem Herzen. Und die Angst wieder so tief zu fallen. Obwohl sie mit Hanna schon glücklich war, so zu zweit. Und Hannes hat sie auch immer gesehen, schon wegen der Arbeit. Das war aber auch ein Stück Bewältigung. Hannes wollte sogar den Bereich wechseln und woanders Bus fahren. Das kommt nicht in Frage, hat sie zu ihm gesagt. Sie wollte ihn immer sehen, auch wenn es wehtat. Würde sie jetzt einer fragen. Ach nein, würde Hannes sie jetzt fragen, ob sie mit ihm leben möchte? Das

würde er so und so nicht, er ist mit seiner Claudia glücklich. Aber würde er fragen, sie müsste nicht lange überlegen. Obwohl eigentlich verbindet sie mit Hannes eine sehr tiefe gute Freundschaft. Das ist schon viel mehr als andere Paare haben.
Das Telefon klingelt. „Hallo." Sagt sie in der Hoffnung damit es Hannes ist. „ Morgen ich bin es. Habe versucht Hannes zu erreichen. Geht keiner ran. Weißt du was?"
„ Nein Lutz, erreiche ihn auch nicht. Kann ich dir helfen?" klingt ihre Stimme jetzt ein wenig enttäuscht, aber doch freundlich und entschlossen.

13. Kapitel

Kevin beugt sich zu David rüber. „ Hey Alter schläfst du?" flüstert er ihm ins Ohr. Dann schaut er sich erstmal um. Wo die Typen sind. Der Eine sitzt schräg gegenüber hinter ihm und hat die Augen zu. Der andere, Maik, steht vorne und beobachtet die Frau neben dem Penner. „ David." Flüstert er weiter. „ Ich habe da was entdeckt Alter, den Jackpot..." Schaut er zu David rüber. Der öffnet langsam die Augen und schaut ihn verschlafen an. „ Was willst du Kevin? Wovon faselst Du?" „ Leise!" blickt er sich zur Seite um. „ Hinten im Bus, da liegt die Handtasche der Frau von da vorne. Ach hör doch auf, ist auch egal." Wird er jetzt erregter.
„ Jedenfalls da habe ich zwei zweihundert Euroscheine gesehen. Habe ich gleich wieder reingeschoben. Verstehst du? Vierhundert Tacken:" David hebt seinen Kopf. Jetzt kommen erst sein geschwollenes Auge zum Vorschein und die Messerspuren am Hals. „Und wie willst du daran?" Kevin kann nicht mehr antworten…
„Kevin allein zu Hause. Was redet ihr da?" steht Maik neben ihm und pustet ihm den schlechten Atem ins Gesicht. Oh ist das Übel, denkt Kevin. „ Na was redest du mit der Schwuchtel?" macht er jetzt einen

Kussmund zu David. „ Dawid du wirst noch entjungfert. Stimmst Kevin?" „ Ach hör doch auf, weiß ich doch nicht." Maik reibt sich mit seiner Hand in der Unterhose an seinen Penis. Kevin dreht sich schnell zum Fenster. Das ist aber eklig denkt er. „ Dawid!" ruft Maik den Name leise und beugt sich über Kevin hinweg. Mit der einen Hand reißt er David seinen Kopf an den Haaren nach hinten. Mit der Hand, die er in der Unterhose hatte, reibt er in David in seinem Gesicht herum. David muss würgen und Maik lacht wie ein Kaputter.„ Gewöhne dich dran du Schwuchtel. Richtiger Männerduft." Lässt er David wieder los. „Was klotzt du denn so? Soll ich dir das Gehirn wegblasen?" richtet er die Waffe auf Hannes seine Stirn. Maik hebt die Pistole mit der Mündung jetzt nach oben und macht mit dem Mund „Puh." Hannes sein Körper bleibt angespannt. Konzentriert und hellwach behält er Maik im Auge. Der ist unberechenbar, denkt Hannes. Angestrengt sucht Hannes nach einer Lösung.
„ Ach hör doch auf, sag mal lieber wie du ausgebrochen bist?" Maik grient jetzt übers ganze Gesicht. „ Kevin du kleiner Wichser. Dann pass mal auf. Wir sind die Kulmers und die im Vollzug sind auch nur Menschen. Mein Bruder der ist doch der Genialste, immer hat der eine Idee. Wir waren ja in verschiedene Knast. Aber das

ist zu lang für dich. Jedenfalls sollte mein Bruder verlegt werden. Hat aber ein auf krank gemacht. Hat alles in mein Brief gestanden, verschlüsselt verstehst?" Kevin schüttelt den Kopf. „ Auch nicht schlimm. Nur ich sollte auch krank sein. Rasierwasser, Zahncreme und Kernseife gefressen. War gar nicht schlimm." „Ach hör doch auf. Zahncreme, wer soll das glauben." Maik guckt ihn fragend an. „ Logisch Zahncreme du Vogel. Ist auch egal. Mein Bruder war auch in der Krankenstation als ich kam. Die Vollzugsbeamten schön geschmiert. Und dann ging es los. Den einen Beamten voll den Fuß ins Gesicht und die Wumme hier genommen. Wie im Film. Mein Bruder ist der Größte. Frag doch ihm. Jetzt geht es ab nach Südamerika." „ Ach hör doch auf, habe ja kein Ausweis bei!" Maik haut Kevin mit der flachen Hand gegen die Stirn. „ Du doch nicht. Aber die Schwuchtel nehme ich mit." Macht er wieder einen Kussmund in David seine Richtung.

„ Sie müssen keine Angst haben." Spricht Roland ganz leise zu Karin. Die immer noch ihren Kopf zwischen ihren Schenkeln beugt. „ Ich werde sie beschützen. Das verspreche ich ihnen." Sieht er jetzt Karin in die tränengefüllten blauen Augen. Die sich jetzt mit dem Gesicht zu ihm gewandt hat. „ Karin." Macht sie eine kleine Pause. „Karin heiße ich." Laufen ihr die Tränen an der Nase runter. „Schöner Name. Sehr schöner Name. Wie sie. Ich bin Roland." Blinzelt er sie an. „Danke, aber versprechen sie nichts, was sie nicht halten können." Legt sie ihren Kopf wieder in den Schoß. Bei Roland hallen die Worte nach, die Karin sagte. Sofort waren die Bilder und Gedanken wieder präsent. So lange hat er diese verdrängt. Du hast es versprochen, schwirrt durch seinen Kopf. Das Feuer und die Schreie seiner kleinen Tochter. Weihnachten vor fünf Jahren, bleibt ihm bei dem Gedanken die Luft weg. Schnell atmet er und spürt jetzt die Brandnarbe am Unterarm. Dabei hatte er doch seiner Yvonne versprochen, immer auf sie aufzupassen. Auf seine Familie, seine drei Sternchen des Lebens. Vor dem Kirchaltar geschworen, bis der Tod uns scheidet. Alles hat aufgehört an diesen Tag zu leben. Auch sein Leben. Der Geruch der Flammen, der Rauch im Schlafzimmer. Es war nicht der Weihnachtsbaum, nicht die Lichterkette wie die Feuerwehr sagte. Nein das will er nicht glauben. Die kleine Lilli wollte den Baum über Nacht brennen lassen. Was kann auch schon passieren? Die richtige einzige Wachskerze die am Baum war, hat er vor dem schlafen gehen ausgepustet. Keiner konnte wissen, damit Thea nochmal zum Baum gegangen ist und mit dem Stabfeuerzeug diese Kerze anzündet.

Warum? Oder war es Lilli, keiner weiß es. Was auch egal ist. Die echte Tanne, nur richtiger Baum ist ein Weihnachtsbaum. Seine Worte. Das Feuer breitete sich rasant schnell aus. Es war kurz nach zwei Uhr, als der Geruch oder irgendwas in weckte. Er schrie Feuer und rannte sofort zu den Mädchen rüber. Das Feuer, die Flammen waren schon im ganzen Obergeschoß. Jetzt weiß er auch was ihn geweckt hat. Das schreien von Lilli. Es tut so weh, muss er sich die Augen wischen. Er kommt nicht in das Zimmer der Mädchen, der Rauch nimmt ihm die Kraft. Er hört nicht mehr wie die Feuerwehr über das Dachfenster einsteigt. Es ist grelles Licht was ihn als erstes wieder blendet. Krankenhauslicht. Fünf und drei Jahre waren seine Mädchen erst und seine Yvonne. Alles war nicht mehr da. Nur er, der Polizeihauptmeister Roland Jahns, nur er. Er wollte keinen Halt mehr, nie mehr. Nur Strafe für seine Sünden. Alles war verschwunden, mit dem Haus was ausbrannte, brannte auch sein Leben aus. Was wollten sie ihm alle helfen. Aber wie kann man Verlust heilen? Nein er wollte nicht geheilt oder geholfen werden. Nur leiden und auch nicht mehr leben. Nach der Beerdigung, dem zweit schlimmsten Tag seines Lebens, nach dem Hausbrand. Ist er einfach fort gegangen, nur fort. Hat in

Wälder und Scheunen geschlafen, um dann hier in dieser Stadt anonym und unerkannt als Obdachloser zu leben.

14. Kapitel

Bernd streckte sich und wischte sich die Augen. Leicht war er eingenickt. Oder hatte er länger geschlafen. Wo war Maik? „Maik!" suchend schaute er nach vorne und nach hinten. Hannes sah ihn Teilnahmslos an. „Maik!" ging er in den Gang. „Hier, hier hinten. Muss mal pissen." Kam es von hinteren Teil des Busses. „Was ist Busfahrer? Willst du auch mal in dein Bus pissen?" ließ Bernd Hannes nicht aus den Augen. Maik und Kevin kamen wieder nach vorne. Mit einen kurzen Stoß von hinten in die Rippen, landete Kevin wieder auf seinem Sitz. Maik zeigte seine braunen Zähne als breites Lachen.
„Kannst jetzt auch schlafen. Gib die Waffe!" Ohne Widerspruch folgt er der Aufforderung seines Bruders. Dann legt sich Maik in die Reihe hinter Hannes und fällt gleich in den Schlaf. Bernd liest auf seiner Uhr, vier Uhr zweiundfünfzig. Ungefähr zwei Stunden noch, dann werden sie aufbrechen.
Marie hat nicht einmal geschlafen. Unruhig hatte sie immer wieder Maik beobachtet und die seltsame Verbindung die er mit den Kevin hat. Da ist wirklich der Name Begriff. Jetzt sieht sie wie Bernd nach vorne geht. Sören neben ihr ist

eingeschlafen. Mit dem Fuß versucht sie das Smartphone zu angeln. Sie müsste den Schuh ausziehen. Leise versucht sie mit den linken Fuß den rechten Schuh aus zu stülpen. Es klappt nicht, sie sind zu eng geschnürt. Langsam beugt sie sich nach vorne. Immer ein Auge auf Bernd gerichtet. Sie zieht an ihren Schnürsenkel und dann weitet sie die Schnüre und. Endlich kann sie aus den Schuh schlüpfen. Halbgebeugt, versucht sie das Bein ganz lang nach hinten zu strecken. Sie muss mit den Zehen ran kommen. Sie kann es fühlen, da ist es. Schweiß läuft ihr den Nacken runter. Das kann ich gerade leiden denkt sie. Sie ist so fokussiert und hätte beinah Bernd vergessen. Im letzten Augenblick bemerkt sie, damit er nach hinten kommt. Schnell setzt sie sich ordentlich hin und tut so als würde sie schlafen.
Bernd steht nun direkt neben Sören und starrt in ihre Richtung. Mit finsterer Miene blickt er schweigend über sie hinweg und geht wieder langsam los. Marie atmet durch. Ihre Hände beginnen unruhig zu zittern. Ich muss das Handy haben denkt sie. Wieder beugt sie sich nach vorne und dabei ihren rechten Fuß nach hinten. Jetzt endlich, sie hat es unter ihrem Spann. Scheißperlen bilden sich auf ihrer Stirn. „ Was machst du?" frägt Sören sie. „ Pssst." Gibt sie nur zurück. Ganz langsam

zieht sie das Smartphone nach vorne. Jetzt liegt es genau vor ihr, nur noch den Arm ausstrecken. Geschafft. Oh nein denkt Marie, es ist aus. Dreht sie es in den Händen hin und her. Sören beobachtet sie dabei, in der Hoffnung es möge noch angehen. „Was ist?" will er wissen. „ Es ist aus." Flüstert sie „ Ich weiß nicht ob es der Akku ist oder ob ich vorhin an Ausschalten gekommen bin." Unschlüssig betrachtet sie das Smartphone. Sie weiß genau, drückt sie auf den Einschaltknopf. Egal was passiert, es wird nicht gut sein. Entweder es geht gar nicht an oder die Einschaltmelodie verrät sie. „ Und jetzt?" möchte Sören wissen. Marie zieht die Schultern hoch. Scheiße alles denkt sie, und schwitzen tue ich auch noch. Unauffällig riecht sie unter ihrer Achsel. Du bist doof Marie denkt sie und ärgert sich über sich selbst. „ Nichts." Gibt sie entmutigt zurück.
Berta wird immer unruhiger neben Heinz. „ Ich muss mal Heinz." Stößt sie ihn an. „ Hörst du ich muss mal." Heinz blickt sich müde um. Irgendwie geht es ihm nicht so gut. Kopfschmerzen und dieser Druck in der Brust, die Tabletten hat er zu Hause. Wollte oder muss diese ja immer vorm schlafen gehen nehmen. „ Und was soll ich jetzt machen?" will er von Berta wissen. „ Sag es den Verbrechern. Einer muss ihnen

mal die Meinung sagen." „Und glaubst ich bin das?" kann Heinz seine Berta nicht verstehen. Hat er sie überhaupt mal verstanden? Vor drei Jahren sind sie sich begegnet, bei einer Rentner Urlaubsfahrt. Sein jüngster Sohn Stefan hatte ihm diese Busreise zum Siebzigsten geschenkt. Du musst das mal machen Vater, mal raus nach Mamas Tod. Seine Erika, sie wollten so viel machen, wenn sie Rentner werden. Schon in der Schule war sie seine Erika, er kannte sie über fünfzig Jahre. Doch dann kam die Krankheit, Lungenkarzinom im Endstadium. Geraucht hat sie immer, mit siebenundsechzig war dann das Ende gekommen. Seine Erika. Er wollte auch sterben, als er seinen Herzinfarkt hatte, wäre es so gut wie passiert. Doch wie der Zufall es wollte, stand in der Schlange beim Discounter gerade hinter ihm ein Kardiologe. Sein Lebensretter.
Am ersten Abend beim Essen hat sich dann Berta an seinen Tisch gesetzt. So hat es angefangen, sie verbrachten die Urlaubstage zusammen. Es war schön nicht alleine zu sein. Berta war geschieden, jetzt weiß er auch warum. Nach dem Urlaub ist sie gleich zu ihm gezogen. Es ging ihm eigentlich viel zu schnell, aber seine Kinder sagten immer, Papa ist doch schön, bist du nicht mehr alleine. Denke die wollten mich bloß versorgt wissen. „Was

ist denn nun Heinz! Ich muss ganz nötig. Du weißt doch von meiner Blasenschwäche." Wird er wieder daran erinnert, wie schwierig diese Frau ist. Heinz schiebt zaghaft ein Bein in den Gang und sieht ängstlich in Bernd seine Richtung. Dann steht er auf. „ Opa wo willst du denn hin?" hat er Bernd seine Reaktion erwartet. Er räuspert sich kurz und nimmt allen Mut zusammen. „ Meine Frau muss mal auf die Toilette." „ Bestimmt." Nickt Bernd. „ Das Klo ist hinten." Zeigt er mit der Hand dorthin. Berta schüttelt den Kopf. „ Da kann ich nicht." Heinz bewegt seinen Kopf hin und her, mal zu Berta und mal zu Bernd. „ Haben sie das gehört?" versucht Heinz es nochmal zu verdeutlichen. „ Meine Frau kann dort nicht, können wir nicht kurz die Türe öffnen?" Bernd nickt „ Machen wir und was möchte sie noch?" „ Könnten sie den Busfahrer fragen, ob er noch Toilettenpapier hat?" wird Berta jetzt fordernd. „ Jetzt reicht es. Ist bei euch eine Schraube locker. Oma entweder du pisst dich dahinten aus oder gar nicht. Setzt dich wieder hin Opa." Heinz schaut ihn verdutzt an. „ Heinz mach was!" Bernd stellt sich jetzt direkt vor Heinz. „ Huh." Macht er in Heinz sein Gesicht und drückt ihn dabei mit der einen Hand wieder in den Sitz. „

Sie sind so ein ungehobelter Kerl. Sie haben überhaupt keinen Anstand!" schreit jetzt Berta. „ Oma pass auf was du sagst." Heinz legt seine Hand auf Bertas Arm. „ Hör bitte auf." „ Du Feigling!" wirft sie ihm an den Kopf. „ Du bist erregt und wir sind alle angespannt." „ Nein ich bin nicht erregt, ich muss auf die Toilette. „Und das sofort." Springt sie wieder auf. Da sieht Heinz schon das Malheur.

15. Kapitel

Moni redet mit Roger, es ist schon fünf Uhr siebenundvierzig. Der Sechs Drei Vier ist noch nicht im Busdepot und schon vier Anrufe von Passagieren erreichten die Zentrale. „Es ist kein Bus gekommen. Die Linie wurde nicht angefahren von Hannes."
„ Hast du versucht ihn zu erreichen?" ist Roger schlecht gelaunt.   „ Logisch habe ich versucht Hannes zu erreichen. Was denkst denn du." Verteidigt sich Moni. „ Da stimmt irgendwas nicht." Fährt sich Roger nervös durch das Haar. „ Sollen wir die Polizei anrufen?" hebt Moni schon den Hörer. „ Nein lass mal erst. Du hast gleich Feierabend. „ Und ob Roger, du glaubst doch nicht damit ich jetzt nach Hause gehe. Ich bleibe!" antwortet sie resolut. „Moni!" „ Nein Roger ich bleibe." Roger winkt ab. In den Augenblick öffnet Tina die Türe. „ Morgen." Sagt sie frohgelaunt. Beide schauen sie an. „ Ist etwas? Ihr seht aus, als wäre etwas Schlimmes passiert." Stellt Tina ihre Tasche auf den Stuhl. „ Ja der Sech Drei Vier mit Hannes ist verschwunden. „ Scheiße und nun?" Roger holt tief Luft. „ Und nun fahre ich die Strecke ab. Tina du

versuchst immer noch weiter Hannes zu erreichen. Moni bleibt auch noch hier bei dir." Will er losgehen. „ Halt ich komme mit dir mit." Läuft Moni ihm hinterher. Roger dreht sich um. „ Na komm, gibst ja doch keine Ruhe." Und zu Tina gewandt „ Wir melden uns. Sonst sind alle Buslinien gut durch die Nacht gekommen. Wir setzten Udo Liebrecht auf die Strecke als Sechs Drei Vier ein. Er weiß Bescheid. Dann drück uns die Daumen." „ Mache ich." Setzt sie sich das Headset auf. Roger schlägt sich beim zum Auto laufen den Hemdskragen hoch. Moni muss schon fast rennen, um mit ihm mit zuhalten. Im VW Passat steckt er schnell den Zündschlüssel rein und startet. Die Heizung dreht er auf vier. „ Du hattest mich anrufen sollen!" macht er beim losfahren Moni den Vorwurf. „ Klar wenn ich jedes Mal einen anrufe, wenn ich keiner Fahrer auf der Tour erreiche. Dann bleibt ihr gleich im Büro!" versucht sie sich zu verteidigen. „ Ja ja ist schon gut. War nicht so gemeint." Drückt Roger auf das Gaspedal und fährt mit überhöhte Geschwindigkeit.   „ Wenn du so rast, nützt es auch niemanden." Roger blickt kurz zu Moni. „ Fahr ich oder fährst du? Du wolltest mitkommen!" Moni schüttelt wortlos den Kopf.

16. Kapitel

Bernd weckt Maik auf. „ Komm geht weiter!" etwas verstört steht er ganz schnell auf. Dann reißt Bernd an Hannes seinem Arm und zieht ihm aus dem Sitz hoch. Er schiebt ihn vor sich her nach vorne. Hannes war darüber nicht überrascht, die ganze Zeit hat er nicht geschlafen und nur darauf gewartet. Immer nach einer Lösung suchend, wie er diese Typen überwältigen könnte. Aber allein. Wer würde ihm helfen?
Seine Handgelenke schmerzten, von der ganzen Zeit mit dem viel zu engen Kabelbinder darum. Der Blick auf seine Armaturen zeigte noch einen halb vollen Tank und die Uhr im Display war bei sechs Uhr zweiundfünfzig. Der neue Tag suchte sich seinen Weg durch den dichten Kiefernwald. Durch das halb geöffnete Fenster konnte er die frische kühle Waldluft spüren. Es waren noch knapp zehn Kilometer auf diesem Waldweg. Im Augenwinkel konnte er genau Bernd sehen, wie der jeden einzelnen Handgriff von ihm beobachtete. Und immer dabei die Pistole auf ihm gerichtet. Mit einem kurzen Dreh im Zündschloss brachte er seinen Motor zum Laufen. Die Kupplung getreten und den Gang einlegen, waren Automatismen die Hannes im Blut hat. Der Bus setzte sich in Bewegung.

„ Wo wollen wir eigentlich hin?" war Hannes jetzt neugierig. „ Das geht dich nichts an Busfahrer. Wir fahren erstmal. Vor allem raus aus diesem Wald."
Karin blickte auf den Hinterkopf von Bernd. Mit ihren verweinten Augen, die durch das verlaufen ihre Schminke sehr müde wirkten. Verängstigt und frierend zieht sich den etwas zu großen Anorak von Roland bis über die Knie. Eigentlich müsste sie auch auf die Toilette, aber sie hat gelernt sich auf andere Dinge zu fokussieren. Jetzt versucht sie sich mit Yoga zu entspannen, nur fort aus dieser Situation. Es fällt schwer und es gelingt auch nicht richtig. Sie kann sich nicht konzentrieren, weil einer der Verbrecher sie immer wieder anstarrt. Sie kann es spüren. „ Hey Nutte! Beim nächsten Stopp..." Kann Maik nicht weiter sprechen. Weil Hannes geht voll in die Bremse und Maik fliegt rücklinks in den Gang. „ Du Arsch dich steche ich ab!" schreit er beim Aufstehen. Hannes macht den Gang raus und dreht sich blitzschnell in die Richtung der Gefahr. Da bekommt er auch schon einen Schlag von der Seite in die Rippen. Bernd hat ihn diesen verpasst. Hannes bleibt die Luft weg, aber er kommt noch zum Ausholen und kann aber nicht mehr zurückschlagen. „Aufhören!!" schreit Roland „ Da!" schreit er und zeigt mit der

Hand durch die Frontscheibe. Bernd lässt ab von Hannes, richtet jetzt aber die Pistole auf ihm. Auch Maik schaut nach draußen. Eine Wildschweinrotte läuft gemächlich über den Waldweg. „ Dein Glück Busfahrer!" hebt Maik die Faust. „ Und dich kriege ich auch noch Nutte!" dreht er sich um und geht wieder nach hinten. Bernd lässt Hannes nicht aus den Augen. „ Noch mal so etwas Busfahrer und du bist tot." Hannes holt erstmal tief Luft und setzte dann seinen Bus wieder in Bewegung. Sören stupst Marie an. „ Was ist nun mit deinem Smartphone? Geht es noch?" flüstert er. „ Nein Sören, es geht nicht mehr." Streichelt sie ihm über das Gesicht. Dann küsst sie ihn ganz zärtlich auf die Lippen. „ Wir überstehen das Sören, hörst du. Wir geben hier nicht auf." Beißt sie ihm zärtlich ins Ohrläppchen. Sören ist sprachlos. Kevin schaut zu den beiden rüber, als Marie ihm den Mittelfinger zeigt. „ Ach hör doch auf." Dreht er sich rasch nach vorne. Und blickt genau in Maik sein Gesicht. Dieser steht direkt vor ihm. „ Geh mal ein Sitz hinter!" packt er Kevin am Jackenrevers und zieht ihm vom Sitz. David macht sich gleich ganz klein auf seinem Sitz. „ Ach hör doch auf, warum soll ich denn da hin?"   „ Schnauze Kevin, setzt dich und gut!" Maik setzt sich jetzt genau neben David. „ Na

Schwuchtel!" packt er David mit einer Hand in den Haaren und mit der anderen fasst er gleich in den Schritt bei David. „ Zeig mal was du da hast." Versucht er David seine Hose zu öffnen. David wehrt sich mit aller Macht, er versucht die Hand weg zu schieben. Maik beugt sich zu David sein Gesicht und leckt es ihm einmal vom Kinn bis zur Stirn ab. Dabei versucht er immer noch mit einer Hand in David seine Hose zu kommen. Aber David hält mit aller Kraft die Hand fest. „ Verschwinde du perverse Sau." Laufen David vor Angst und Anstrengung die Tränen. Kevin reißt erschrocken die Augen auf, als er das alles sieht. Er spürt die Anspannung in seinem Körper. Das Adrenalin schlägt bis in seinen Schläfen. Die Fäuste geballt rutscht er unruhig auf seinem Sitz. Hilfesuchend blickt er zu Sören. Doch auf einmal hört er. „ Maik!" ruft Bernd durch den Bus. „ Maik was machst du da?" Maik wischt mit seiner Hand noch einmal durch David sein Gesicht. „ Glück gehabt Schwuchtel." Tätschelt er David und leckt noch einmal das Gesicht von ihm. Dann steht er auf, Mit einem Pfiff und einer Handbewegung deutet er Kevin an, wieder auf seinen Platz zu gehen. Kevin setzt sich mit schlechten Gewissen wieder auf seinen alten Platz. Ohne auch nur David an

zusehen, hört er wie dieser weint.
Der Bus hält auf einmal an.

17. Kapitel

Der silberne VW Passat der Straßenverkehrs Betriebe hält am Bahnhof Waldgarten. Nur nicht hektisch werden denkt Roger, es ist sieben Uhr achtundzwanzig. Vom Sechs Drei Vier und Hannes war nichts zu sehen. „ Wir müssen die Polizei anrufen. Oder? Das ist doch so. Ein Bus kann doch nicht verschwinden." Kommen Moni fast die Tränen. „ Roger sage etwas!" Dieser nickt nur und nimmt sein Handy und wählt die Eins Eins Null. Nach dem Freizeichen meldet sich die Polizeistation. Roger gibt alles durch, damit ein Bus nicht in Busdepot zurück kam und es keine Verbindung zum Busfahrer gibt. Mit den Worten geht in Ordnung beendet er das Gespräch. „ Und?" will Moni wissen. „ Sie schicken eine Streife los und wir sollen ins Revier kommen." Roger startet den VW und wendet. „ Sollten wir nicht bei Hannes zu Hause anrufen?" will Moni wissen. „ Sicher!" nickt Roger unmerklich, als im gleichen Augenblick das Telefon klingelt. Roger drückt auf die Freisprechanlage. „ Hallo! Tina hast du was Neues von Hannes?" klingt etwas Hoffnung mit. „ Nein leider nicht Roger, aber seine Frau hat angerufen. Sie kommt jetzt zum Depot. Und was habt ihr erreicht?" „ Leider nichts, sind jetzt auf dem Rückweg. Polizei ist informiert. Ach so das noch, wir fahren erst noch beim Polizeirevier vorbei. Wir melden uns Tina." „ Ist gut. Wird schon nichts schlimmes sein. Doch nicht bei Hannes." Versucht Tina sich selber Mut zu machen. „ Bis dann Tschüss." Knackt es nur noch in der Freisprechanlage. Schweigend fahren sie den Weg zum Revier.

18. Kapitel

Der Wald ist zu Ende. Zur rechten Seite des Sandweges steht ein Haus, direkt vor ihnen. Keine zwanzig Meter entfernt. „Lass schön den Motor aus Busfahrer." Bernd schaut ungläubig nach draußen. Das gibt es doch nicht, dass kenne ich doch, reibt er sich mit der Hand am Kinn. „Maik komm doch mal!" Fassungslos sieht er durch die Busfrontscheibe. In der morgendlichen Sonne erkennt er das Haus sofort. „Das gibt es doch nicht. Verfluchte scheiße das ist doch ein schlechtes Omen. Bernd." Wirkt Maik verärgert. Bernd verzieht das Gesicht. „Quatsch. Los setzt den Bus zurück. Fahr so dich wie es geht rechts rüber." Hannes versteht die Aufregung nicht. Irgendwas muss mit dem Haus sein. Rückwärtsgang rein und alle Konzentration auf das Manöver. „Stopp. Reicht." sagt Bernd. „Öffne die Tür und mache den Bus aus. Und dann runter vom Sitz." Hannes drückt den Türöffner. Unter einem kurzen Zisch schwingt die Tür zur Seite. Frische Waldluft strömt sofort in den Bus. Roland blickt sofort nach draußen. Bernd zieht Hannes am Arm vom Sitz und schubst ihn nach hinten. „Los Maik raus und schau nach was da im Haus los ist. Pass aber auf." Maik springt sofort aus den Bus.

Hannes hat so dicht an der Waldkante geparkt, damit Maik über das Gestrüpp stolpert. Gerade noch kann er sich fangen und läuft dann gebückt am Waldweg entlang. Bernd verfolgt ihn mit seinen Blicken. Roland tastet sich zaghaft an Karin ihre Hand. Sie lässt es geschehen. Ganz weich und warm fühlt diese sich an. Nur leicht drückt er die zarten Finger, aber für Roland bedeutet es so viel. Solange war er niemanden mehr so nah und schon gar nicht einer Frau. Maik kommt zurück gerannt. Mit einem breiten Grinsen betritt er leicht verschwitzt den Bus. „ Da ist nichts. Das Haus ist leer." „ Na dann." Winkt Bernd jetzt Hannes. „ Komm Busfahrer Endstation für Euch. Raus aus dem Bus!" fuchtelt er mit der Pistole vor ihnen rum. „ Los raus!" Wird Sören hochgezogen. Als Marie aufstehen will, setzt sich Maik neben sie. „ Nein du nicht Schätzchen!" rückt er an sie ran. „ Verschwinde du Schwein!" hebt Marie die Arme abwehrend hoch. „ Oh das mag ich." Wird jetzt Maik zudringlich. „ Dich werde ich erstmal zureiten." und drückt ihre Arme runter. Auf einmal erhält Maik einen Faustschlag auf den Hinterkopf. Überrascht von dem Schlag, dreht er sich blitzschnell um und lässt von Marie ab. Mit einer hohen Aggressivität stürzt er sich auf Sören. Dieser nimmt beide Arme als Schutz vor den Kopf, aber die

Faustschläge von Maik sind so hart und brutal, damit er in den gegenüberliegenden Bussitz fällt. Kevin überlegt nicht lange und alles geht so schnell. Mit einer Bewegung spring er Maik von hinten auf den Rücken und reißt ihn von Sören fort. Maik und Kevin fallen auf den Rücken in den Gang. Sofort löst sich Maik aus der Umklammerung und dreht sich mit seiner ganzen Kraft auf Kevin. Im Gerangel am Boden schlägt Maik mit der Faust Kevin so hart ins Gesicht, damit dieser mit dem Kopf auf den Boden knallt. Kevin stöhnt kurz auf.
Ein Schuss bringt die Situation zum Erstarren. Die Kugel durchschlägt das hintere Fenster im Bus. „Aussteigen! Aber alle!" brüllt Bernd und verliert jetzt die Geduld.   „Auch Du Maik!" Dieser wischt sich das Gesicht, irgendjemand hat ihm die Fingernägel über die ganze linke Wange gezogen. Das Blut läuft ihm am Kinne runter. Benommen steht Kevin vom Boden auf, aber er fällt gleich wieder nach vorne. David fängt ihn auf und stützt ihn beim Rausgehen. Sören rappelt sich auch aus dem Sitz, Marie ist schon aufgestanden und reicht ihm jetzt die Hand. Maik beobachtet alles, dabei wischt er sich immer wieder über das Gesicht. „Wir sind noch nicht fertig." Gibt er ihnen zu verstehen. Zu Sören blickend, macht er mit

der Hand, als würde er ihm die Kehle durchschneiden wollen.
„Du musst hinter mir gehen Heinz:" rüttelt sie an ihm.   „ Schläfst du Heinz. Wir müssen aussteigen." Rüttelt sie jetzt heftiger an ihm. „ Heinz!" schreit sie jetzt. „ Nein!" weint Berta. Roland lässt die Hand von Karin los und beugt sich über Heinz. Dieser hat die Augen zu und sieht so aus als würde er schlafen. Roland reibt auf Heinz seiner Brust und versucht einen Puls zu erfühlen. Leider vergeblich. Es kommt keine Reaktion von Heinz und es ist auch kein spürbarer Pulsschlag vorhanden. Roland schüttelt den Kopf. Ein lauter erbärmlicher Schrei erfüllt die Stille. Berta schmeißt sich auf Heinz und umklammert ihn. „ Steh auf!" rüttelt sie Heinz und schreit „Steh auf! Lass mich doch nicht alleine." Laufen ihr die Tränen runter. Bernd beobachtet alles aus der Entfernung und wirkt dabei fast nachdenklich.
Karin fängt sofort an zu beten:
„Vater unser im Himmel, geheiligt werde Dein Name, Dein Reich komme, Dein Wille geschehe, wie im Himmel so auf Erden. Unser tägliches Brot gib uns heute, und vergib uns unsere Schuld, wie auch wir vergeben unseren Schuldigern, und führe uns nicht in Versuchung,
sondern erlöse uns von dem Bösen. Amen"

Roland faltete auch seine Hände und betet mit. „Amen" spricht er leise.
„Jetzt ist genug. Lasst ihn da sitzen. Maik!" unterbricht Bernd die Situation und ruft nochmal „Maik!"
„ Unmensch." schaut Hannes abwertend auf Bernd.   „ Ach der Busfahrer. Das Gebet war schon. Willst du auch eins?" Hannes ballt seine Fäuste. „Nur zu Busfahrer! Trau dich. Es wird mir eine Freude sein dich mit dem Messer aufzuschlitzen." Streift er mit dem Messer an Hannes seinem Hals herum.
Es dauert noch eine Weile bis alle den Bus verlassen haben. Nur Berta, sie möchte bei ihrem Heinz. „ Wenn die alte Schachtel nicht will, soll die doch auch im Bus verrecken." Findet Maik. Hannes wirft einen kurzen Blick auf seine Uhr, acht Uhr sechzehn. Nur um es später so ungefähr zu wissen, wann der alte Mann eingeschlafen ist. „ Los Busfahrer, verriegele deinen Bus." Weist Bernd an. Alle schauen sie jetzt auf Hannes. Sich auf die Unterlippe beißend und mit einem mulmigen Gefühl in der Magengegend, steckt er den Schlüssel außen in den Verriegelungsmechanismus. Traurig schaut er zu Berta.
„Genug Gefühlsduselei. Vorwärts." Mahnt Bernd zu Eile. Widerwillig folgen sie Maik.

19 Neun Uhr achtundzwanzig Vormittag

Ganz ruhig und leise sitzen sie alle auf dem Dachboden des alten Hauses. Maik hält nervös die Pistole auf Hannes seine Stirn. Sollte nur einer einen Mucks oder irgendein Geräusch von sich geben, dann würde er Hannes erschießen. Hannes atmet schwer. Karin sitzt zusammen gekauert und erschöpft in der Ecke. Roland hat sich vor ihr platziert. Marie ist an Sören angelehnt und beobachtet wie David immer wieder versucht Kevin zum wachbleiben zu animieren. Das ist nicht so einfach, ohne Lärm zu machen oder auch nur auf zufallen. Seit dem Kevin im Bus auf den Boden geknallt ist, kippt sein Kopf immer wieder weg und er verdreht die Augen.
Bernd sieht unruhig durch das verdreckte Dachfenster. Der dunkele BMW. Nein das ist keine Polizei, schon gar nicht als der alte grüne Ford kam. Das ist jetzt schon fast eine halbe Stunde her. „ Wenn die nicht bald abhauen!" flüstert Bernd in Maik sein Ohr, unruhig schaut er hin und her. „ Sollten sie ihr hoch kommen, dann..." deutet Bernd in Hannes seine Richtung. Maik nickt mit verschwitzten Gesicht.

„Pssst!" hält sich Bernd den Finger vor dem Mund. Unten sieht er wie der eine Mann in seinen Ford einsteigt. Jetzt macht er die Motorhaube hoch. Was soll der Scheiß denkt Bernd. Doch dann fliegt die Motorhaube mit lautem Knall wieder runter. „ Hui das war aber Haarscharf." Hört er den dicken Mann im Anzug sagen. Bernd muss sich anstrengen um weitere Wortfetzen zu erhaschen „ Das wäre sehr nett von ihnen, wenn sie mich bis zur nächsten Haltestelle in der Stadt mitnehmen würden." „ Na dann, steigen sie mal ein." Unterhalten sich der dicke Mann im Anzug und der etwas Dünnere in legerer Kleidung unten. Dann sieht er zu seiner Erleichterung, wie am BMW die Blinklichter aufleuchten. Mit durchdrehenden Reifen sieht er den BMW mit beiden Männer davon fahren.
„Los aufstehen!" deutet er zu der Gruppe. „Wir gehen runter." „ Nein!" antwortet Hannes entschlossen. „ Wir gehen nicht runter!" Bernd dreht sich langsam um und geht direkt auf Hannes zu. Aber Maik ist schneller und holt schon mit der Waffe aus. Er schlägt mit voller Wucht auf Hannes ein. Der Schlag kam für Hannes so unverhofft, weil er nur auf Bernd seine Bewegung fokussiert war. Es gibt kein ausweichen mehr. Maik trifft ihm mit der Waffe in der Hand direkt auf das Kinn. Hannes taumelt nach hinten und landet mit

seinem Hintern auf dem staubigen Dachboden. „ Los gibt den Kabelbinder wieder her!" schreit jetzt Maik. Bevor Hannes sich auch nur aufrichten kann, sitzt Maik auf seinem Brustkorb und schlägt im rechts und links in das Gesicht. „ Es ist gut Maik. Fessele ihn!" richtet Bernd jetzt die Waffe auf Hannes seinen Kopf. „ Will noch jemand etwas sagen?" brüllt er nun alle an. Ohne weitere Widerworte gehen alle wieder in die untere Etage des Hauses.
„Los wir sperren alle in den Kellerraum." Zeigt Bernd mit der Hand nach unten. „ Hier ist aber kein Licht!" hört er Maik rufen. „ Dann eben nicht!" sucht er einen anderen Raum. „ Was wollen wir überhaupt hier?" kann Maik es nicht verstehen. „ Warum sind wir überhaupt hier? In diesem verfluchtem Haus. Das bringt doch wieder nur Unglück." Schimpft er vor sich hin. „Los sperre sie hier rein." macht Bernd die Toilette auf. „ Da ist nur ein kleines Fenster und mehr nicht." Nach und nach gehen sie in diesen Raum. Maik dreht hinter ihnen den Schlüssel rum. Hannes aber muss bei Bernd bleiben. „Du bleibst schön in meiner Nähe, dich möchte ich im Auge haben." Setzt er Hannes auf eine alte Kiste in der Küche, etwas Blut läuft ihm aus der Nase. Hannes legt seinen Kopf in den Nacken. Mehr geht nicht.

„Die haben das eine Auto stehen lassen. Soll ich mal nachschauen, was damit los ist?" schaut Maik fragend in Bernd seine Richtung. „ Du? Hast doch gar keine Ahnung davon. Aber mach doch!" Maik verschwindet durch die Tür, um nach kurzer Zeit mit einer kleinen braunen Tasche wieder zukommen. Ein breites Lächeln steht ihm im Gesicht, das von Kampfspuren gezeichnet ist. Triumphierend wedelt er mit der Tasche. „Hier ist Kohle ohne Ende drin. Südamerika wir kommen!" schreit er freudig. „ Zeig er!" reißt Bernd ihm die Tasche aus den Händen. Er schüttet das Geld auf den Fußboden. „ Los hole unsere Tüte vom Banküberfall!" befiehlt er Maik. Dieser hat das Auto schon wieder vergessen und rennt sofort los.

20. Kapitel

Sören versucht durch das Schlüsselloch was zu erkennen. Aber er sieht nichts und hören kann er auch nichts. „Was ist denn nun? Siehst du etwas?" drängelt Daniel ihn. „ Lass ihn doch in Ruhe! Und mach hier nicht so eine Hektik." Mischt sich Marie ein. „Solltest dich lieber um deinem Kumpel kümmern. Der sieht nicht gut aus." Karin ist dicht an Kevin ran gerutscht, der liegt etwas krumm in der alten verstaubten Badewanne. So das sie auf dem Wannenrand sitzend, ihm mit einem alten, abgerissenen Hemdsärmel die Stirn kühlt. „ Ich könnte jetzt was trinken." Kommt es Roland über die Lippen. Karin und Marie schauen gleichzeitig etwas komisch auf ihn. „ Kann ich doch mal sagen." Hebt er hilflos die Schultern. „ Du bist ja ein Typ. Wie heißt du eigentlich?" ist Marie neugierig. „ Roland. Ich bin der Roland." Will er ihr die Hand geben. „ Ist schon gut, ich bin Marie." Hebt sie kurz die Hand." „ Daniel." Fast schüchtern sagt er das. „ Ist cool, ich bin Sören und wir müssen hier unbedingt raus!" „Und Sören, wie wollen wir das machen?" „Keine Ahnung Marie, ist aber auch zu blöd, damit bei deinem Smartphone gerade jetzt der Akku leer ist. Habe nämlich keine Lust auch noch zu sterben, so wie der alte Mann im Bus, " „ Der eine Typ von denen ist doch voll durchgeknallt, das perverse Schwein!" kann sich Daniel nicht mehr zurücknehmen. Marie hat ihren Blick auf das kleine Fenster in zwei Meter fünfzig Höhe gerichtet. „ Kommst du da durch Marie?" treffen sich die Blicke von Sören und Marie. „Ich muss erstmal ran kommen." Roland schaut auch nach oben und grault sich den Hinterkopf. „ Schwierig." Wackelt Roland mit dem Kopf. „ Aber wir sollten es versuchen." Etwas ungläubig blicken jetzt alle auf Roland. „ Und wie?" stellt sich Marie schon auf den Wannenrand. „ Genauso. Ich werde mich hier auf allen vieren hinknien. Ihr Beide." Zeigt er auf Sören und Daniel „ Steht auf mir. Und flott hebt ihr dann Marie hoch." „ Ach hör doch auf, das soll was werden?" Kevin blickt aus der Wanne hoch, leicht blass und mit einer dicken Beule am Kopf. „ Na das wurde auch Zeit. Hatte schon Angst um dich." Drückt David ihm einen dicken Kuss auf die Stirn. „ Hör auf." Wischt er sich mit dem Handrücken hinterher. Karin atmet erleichtert durch. Roland zwinkert ihr zu. „ Gut gemacht Frau Krankenschwester." Hebt er dazu den Daumen noch hoch. Sie lächelt ihn müde an.   „ Kann es nun los gehen?" versucht Sören sich schon mal zu strecken. Roland will sich gerade auf dem Fußboden positionieren, als Sören „ Pssst da kommt jemand!" sagt. Und im selben Moment dreht von außen einer den Schlüssel um. Kevin schließt sofort die Augen und lässt sich wieder in die Wanne fallen. Alle verharren regungslos und blicken verängstigt zur Tür. Die geht auf und Maik steckt seinen Kopf rein. „ Was ist hier los ihr Ratten?" brüllt er sie gleich an und wedelt mit dem Messer hin und her. „ Dawid mein Schätzchen. Mein Schwanz juckt." Zeigt er mit dem Messer in David seine Richtung. „Oder ich nimm doch die Nutte." Dreht er seinen Kopf zu Karin. Sofort spannt Roland seine Muskeln an und formt die Hand zur Faust. Karin dreht gleich den Rücken in Maik seine Richtung. „ Was ist überhaupt mit dem Penner da? Kevin! Du Affe!" stößt er ihm mit dem Messer an. „ Ach egal, also wer von euch Ratten hat schon mal am Auto geschraubt?" Keine Antwort, alles bleibt ruhig. „ Ist klar nur Idioten." Winkt er ab. Kurz blickt er sich nochmal im Raum um. Dann verlässt er diesen und schließt wieder ab. Erleichtertes Aufatmen. „ Los jetzt. Bevor das perverse Schwein wieder kommt." Hat es David eilig. Roland kniet sich wieder auf die Hände und Knie. Jetzt spannt er alle Muskeln an, früher wäre das kein Problem.

Sören und Daniel krabbeln auf ihm rauf. Das rechte Handgelenk beginnt gleich zu schmerzen. Nur durchhalten denkt er. „Los komm Marie!" reicht Sören ihr die Hand. Jetzt spürt Roland das Gewicht richtig. Die Kniescheiben drücken auf den harten Betonboden. Marie hebt den einen Fuß in David seine Hand, nun federt sie zweimal nach um Schwung zu holen. Dann steht sie auch auf Sören seine Hand. Die Jungs versuchen sie hoch zu heben. Roland traut sich kaum Luft zu holen. „Ja du schaffst es!" wird Marie von Kevin angefeuert. Hoffnungsvoll blickt auch Karin nach oben. Marie erreicht das Fenster. „Ja!" freut sich Kevin. Marie dreht den Fensterknauf. Roland schmerzen die Handgelenke. David läuft auch schon der Schweiß runter und seine Arme beginnen zu zittern. Marie rüttelt und reißt am Fenster. Es bewegt sich nicht, es lässt sich nicht öffnen. „Nein das gibt es doch nicht!" schreit sie. „Runter. Lasst mich runter." Vor Erlösung oder Erschöpfung sind alle froh, damit Marie runter möchte. Roland lässt sich gleich auf den Bauch fallen vor Schwäche. „Was war da oben?" möchte nun Sören wissen. Marie schaut ihn enttäuscht an. „Die haben das Fenster mit vier großen Nägeln ..." lässt David sie nicht mehr aussprechen. „Nein so eine

Scheiße!" tritt er vor Wut und
Enttäuschung gegen die Wand.

21. Kapitel

Nach einer halben Stunde Fahrt bremst Schlegel unverhofft mit seinem BMW. Rückartig drückt es Phil in den Gurt. Na der ist doch nicht ganz richtig denkt Phil. Hastig dreht sich Schlegel nach hinten um. „Scheiße!" kommt ihm über die Lippen. „Entschuldigung, aber ich muss meine Tasche im Haus stehen gelassen haben." Phil ruft sich die Tasche in Erinnerung. „Ja kann sein. Wenn sie es sagen. Und jetzt?" Aber die Frage beantwortet Schlegel schon, in dem er ruckartig Rückwärts fährt und versucht seinen BMW zu wenden. „Müssen wir noch mal zurück, da sind wichtige Papiere drin." Und was noch viel wichtiger ist, denkt Schlegel, fünfundsechzigtausend Euro in Bar. „Ich hatte abgeschlossen oder?" wirkt Schlegel jetzt etwas fahrig und nervös. Mit viel Gas poltert er über den Feldweg. Das Wasser in den Pfützen spritzt nur so hoch. Ist ja dein Auto denkt Phil. Als Schlegel wieder etwas entspannter wirkte beim Fahren, fragt er Phil „Was wollen sie eigentlich mit dem Haus? So weit abgelegen. Nicht das es mich etwas angeht." Phil blickt aus dem Fenster und verfolgte gerade einen Bussard, wie dieser im Sturzflug auf die Wiese zuflog. „Der

hat bestimmt eine Maus entdeckt. Ist schon phänenomal, damit der das sieht." Bewunderte Phil den Bussard. „ Was meinten sie?" wendete er sich jetzt an Schlegel. „Wofür sie das Haus möchten?" widerholte Schlegel seine Frage noch mal. Phil überlegte ein paar Sekunden. „ Zum Schreiben." Sagte er kurz.
„Haha. Was schreiben sie denn so. Kennt man das?" Du bestimmt nicht, geht es Phil durch den Kopf und muss innerlich schmunzeln. „ Es sind Sport, Fitness und Ernährungsbücher." Schlegel winkt ab „ Das ist doch bestimmt so ein Öko- und Biokram. Nicht für mich." „Dachte ich mir!" flüsterte Phil leise. „Wie meinten sie?" sah Schlegel ihn fragend von der Seite an. Phil holt erstmal etwas Luft. „ Ich war mal früher Sportlehrer. Aber das war mir irgendwann zur stressig. Hat mich auch nicht mehr ausgefüllt. Bin dann einfach für acht Jahre nach Taiwan gegangen. Habe dort Taiwan Do und besonders Chuan Tie Shu gelehrt bekommen." Phil kann Schlegels Verwirrtheit sehen. „Chuan Tie Shu ist Kickboxen." Schmunzelt er. „ Ja verstehe ich." Nickt Schlegel rasch mit dem Kopf. „Was aber noch viel wichtiger war. Ich habe meine Frau gefunden, meine Chen." „ Oh verstehe. Und wie ist sie so. Möchte auch mal, nach Thailand fahren. Sie verstehen schon, mal so richtig knack,

knack." „ Nein ich verstehe leider nicht Herr Schlegel. Wie meinen sie das?" Schlegel wird vor Verlegenheit gleich ganz rot. „ Nein das dürfen sie nicht falsch verstehen." Versucht Schlegel die Wogen zu glätten. „ Lassen wir das Thema und fahren sie einfach ihre Tasche holen." Kann Phil seinen Unmut nicht vollständig verbergen. Hoffentlich denkt er, springt mein Ford dann wieder an.

22. Kapitel

Der VW Passat bremst vor dem Busdepot. Hastig gehen Roger und Moni die Treppe hoch. Auf dem Polizeirevier ist man nicht gerade zimperlich mit Roger umgegangen. Ob sie nichts von dem Banküberfall und der Flucht der zwei Schwerverbrecher gehört hätten. Weshalb nicht schon früher Alarm geschlagen wurde und die Polizei zur Hilfe geholt wurde? Roger versuchte immer wieder sich zu rechtfertigen, damit es schon vorkommt, dass sich Fahrer während der ganzen Schicht nicht melden. Es sei denn, es gibt eine unverhoffte Störung oder irgendwas. Auf die Frage, warum keiner hellhörig wurde, als der Fahrer des Busses nicht erreichbar war, konnte Roger nur die Schultern hoch ziehen.

„ Habt ihr was erreicht?" begrüßte ihn Tina. Moni schüttelt den Kopf. Roger ging gleich durch zu seinem Büro. Claudia sah ihn fragend hinterher. „ Wo ist der Bus? Wo ist Hannes?" schrie Claudia mehr, als das sie fragte. „ Die Polizei schickt Streifenwagen los. Sie denken auch, ein Bus kann nicht so verschwinden." Versucht Moni etwas zu beruhigen. „Ist er aber!" wirkt Claudia schon etwas hysterisch und läuft unruhig auf und ab. „Könnt ihr bitte etwas leiser sein." Hält Tina sich den

Finger auf ihre Lippen. „ Na klar schön weiter arbeiten. Genau, ist ja auch nur Hannes verschwunden samt Bus! Passiert ja auch jeden Tag." Lässt sich Claudia nicht besänftigen. Moni würde ihr gerne die Angst abnehmen, aber sie hat ja selber genug Angst. „Claudia komm wir trinken erstmal einen Kaffee." Möchte sie Claudia mit in den Pausenraum nehmen. „Nein ich möchte keinen Kaffee! Ich will endlich wissen was los ist!" stürmt sie in Roger sein Büro. Moni kann gar nicht so schnell folgen, da hat Claudia schon die Tür von Rogers Büro aufgerissen. Der blickt sie nur verstört an. „ Wo ist Hannes?" wirft sie ihm an den Kopf. „Setzt dich doch bitte Claudia." Möchte er Claudia einen Stuhl anbieten. Moni folgt ihr langsam und schließt die Türe hinter sich. Claudia hält sich mit beiden Händen an der Stuhllehne fest. Ein wenig nach vorne gebeugt sieht sie genau in Rogers Augen. Der weicht ihren Blick aus, in dem er in seinem Kugelschreiber, die Mine rein und raus schnappen lässt. „Setzt dich bitte!" unternimmt einen erneuten Versuch. „ Was willst du mir eigentlich sagen Roger? Was ist mit Hannes?" rutscht Claudia nun auf den Stuhl. Moni setzt sich daneben, am liebsten würde sie ihre Hand nehmen. „ Es kann sein Claudia." Kratzt Roger am Ohr, um dann weiter zu reden." Also es kann sein, damit der Bus von den zwei ausgebrochenen Schwerverbrechern gekidnappt wurde." Nun war es raus. „Was nein!" kann Claudia jetzt ihre Tränen nicht mehr halten. Sie schlägt sich beide Hände vor das Gesicht und weint. Moni springt gleich auf und kniet sich bei ihr hin. Sie nimmt Claudia sofort in die Arme. Und obwohl es Moni gar nicht möchte, weint sie jetzt auch. Die Last der ganzen Nacht, die Sorge um Hannes, die Müdigkeit, alles kommt aus Moni raus. Roger sieht nur hilflos zu. „Die Polizei setzt jetzt alles in Bewegung. Die ganze Route bis zu einem Umfang von zweihundert Kilometern sucht sie jetzt ab. Sie werden den Bus finden." Verstummt er bei seinen eigenen Worten. Die Frauen betrachten ihn, mit ihren verweinten Augen. „Wie? Nur den Bus finden? Was soll das heißen Roger?" bohrt Claudia nach. „Nein ich meine." Stottert Roger etwas „Sie werden auch Hannes finden. Da bin ich mir ganz sicher." Lässt Roger seinen Kopf sinken.

„Es kann nur sein." Spricht er jetzt ganz leise, fast zu sich selbst. „Damit die Verbrecher nur den Bus genommen haben und…" Moni schüttelt den Kopf. „Und was?" will Claudia wissen. „Was ist dann? Wenn sie nur den Bus haben? Sag schon Roger!" Mit leeren Blick sieht Roger sie jetzt an.

„ Die Polizei meint." Holt er tief Luft „ Es sollte nicht vom Schlimmsten ausgegangen werden. Das sind zwei Mörder auf der Flucht. Die haben nichts zu verlieren. Aber es ist alles möglich meinten sie. Auch das." Versagt ihm die Stimme. „ Du meinst, sie könnten Hannes auch ge…" weinend bricht Claudia im Wort ab. Roger nickt nur. Moni drückt sich ganz fest an Claudia.

23. Kapitel

„ Und jetzt, was machen wir jetzt?" möchte David wissen. „ Wir können doch nicht aufgeben. Leute sagt doch mal was." Hilfesuchend blickt er sich um. „Was soll wir deiner Meinung nach machen? Sag doch mal!" ist Sören von der Situation genervt. „Ich will hier genauso raus wie du. Denkst du ich möchte hier sterben." „Ist gut Sören, wir haben es verstanden." Legt Marie ihre Hand auf seinen Arm. „Trotzdem müssen wir hier raus." Ist David den Tränen nah. Kevin stößt ihn in die Rippen. „Ach hör doch auf, wir werden hier nicht verrecken. Irgendwann wird doch schon einer merken, damit der Bus fehlt. Oder?" „Glaube schon." Will Roland beruhigen. „ Was weißt den du Penner." Wird David ungehalten. „Wir sollten hier keinen beleidigen. Wir sind alle in derselben Situation." Hören sie jetzt Karin sagen. „Sie hat Recht." Pflichtet Sören ihr bei. „Entschuldigung." „Ist schon gut. Unsere Nerven sind etwas gereizt." Versucht Roland das Thema runter zu spielen. „Danke schöne Frau für ihre Hilfe." Wendet er sich leise an Karin. „Schöne Frau ist gut." Macht sie ein nachdenkliches Gesicht. „Warum beten sie überhaupt so oft?" ist Marie jetzt neugierig. Karin schaut verwundert nach oben in Marie ihr Gesicht. „ Mein Papa ist Theologe." „Ach hör doch auf, was ist das denn? Immer diese Fremdwörter." „ Kevin. So heißt du doch oder?" „Logo Kevin, wie der von alleine zu Haus." „Ja, ja ist gut." Meint Marie. „Also für dich. Ein Theologe ist ein Pastor stimmst? Wie war nochmal ihr Name?" „ Karin. Und ein Theologe ist ein Pfarrer. Wir sind evangelisch und ich bin in einer kleinen Gemeinde groß geworden. Bei uns war also das Beten immer an der Tagesordnung." Sören mustert sie jetzt von oben bis unten. „Du denkst jetzt bestimmt. Wie passt das zusammen? Die Pfarrerstochter und das sündige Leben oder?" erwidert sie seine Blicke jetzt direkt. Schnell schüttelt er den Kopf, vor Verlegenheit spürt er wie ihm die Hitze ins Gesicht kriecht. „ Entschuldigung, dass geht mich gar nichts an. Nein um Gottes Willen." Ist ihm das Thema unangenehm. Roland beobachtet es alles zurückhaltend. Geheimnisse sollten Geheimnisse bleiben denkt er. Nur Karin sieht es jetzt etwas anders. „Ich bin keine Nutte, wie das Schwein immer sagt. Mein Mann ist ein reicher Bauunternehmer. Er macht große Geschäfte mit den Ölmultis am Persischen Golf. Er ist oft unterwegs. Eigentlich leben wir in Scheidung. Mein Sohn, der ist glaube ich so alt wie Du

David, zweiundzwanzig." „Stimmt genau." Nickt David zustimmend. „ Er studiert in London. Mir gehört eine gut laufende Boutique, mit vier Angestellten. Aber trotzdem mache ich so etwas. Nein nicht als Nutte, nur als Escort Service. Das ist meine zweite Agentur mit sechs weiteren Frauen. Weil ich mich gerne mit Männern unterhalte und aushalten lasse. Fast hätte ich gesagt, Männer mit Niveau, aber wer viel Geld hat, hat nicht immer auch gutes Benehmen. Da ist der Irrtum." Schweigend haben alle den Ausführungen von Karin gelauscht. „Jetzt müsstet ihr mal eure Gesichter sehen. Wenn es nicht diese Beklemmung hier gäbe, würden wir bestimmt darüber lachen."
„Und ihre Eltern was sagen die dazu?" ist Sören interessiert. „ Natürlich weiß es meine Mutter nicht. Mein Vater schon gar nicht. Sie wissen damit ich mich von meinem Mann trenne. Schon das verstehen sie nicht. Aber anderseits wissen sie auch, damit ich finanziell unabhängig bin. Mein Vater hat das Pfarramt so und so niedergelegt, er ist so zu sagen in Pension." „Ach hör doch auf, dass hätte ich nicht gedacht." Ist Kevin überrascht. „ Was muss ich denn zahlen, um mal mit Ihnen Essen zu gehen?" will er jetzt wissen. „Du." Zeigt David einen Vogel. Roland mustert gespannt was Karin

antworten tut. „ Dir ist schon klar, damit alles du bezahlst." Geht sie auf seine Frage ein. „ Du musst das Essen bezahlen in einem guten Restaurant, Theater, Oper oder was du möchtest. Aber kein Kino. Und für mich nur damit ich komme vierhundert Euro." Sofort fallen Kevin wieder die vierhundert Euro aus dem Bus ein. Ach hör doch auf, so viel Kohle." „Pssst." Macht Sören. „Hört mal ein Auto:" Angespannt lauschen alle.   „ Tatsache da ist ein Auto." Klingt David freudig. „ Ein BMW Diesel." Meint Roland.

24. Kapitel

Gebückt hinter der Tür beobachtet Bernd wie der BMW vor dem Grundstück hält. „Scheiße, das hat mir noch gefehlt!" Der kommt bestimmt wegen der Tasche mit dem Geld wieder. „ Los Maik hinter die Eingangstür." Still folgend kniet sich Maik mit einer Holzlatte hinter die Tür und wartet.
Endlich angekommen denkt Phil. Schlegel macht seinen Motor aus und öffnet die Autotür. „Wo wollen sie hin?" frägt er erstaunt, als er sieht damit Phil auch aussteigen möchte. „ Ich? Versuche noch mal ob mein Auto anspringt. Ist ja nun schon eine Stunde vergangen. Man weiß nie." Hau bloß ab du Schmalzhaar denkt Phil. Schlegel schlendert gemütlich den gepflasterten Weg zum Hauseingang entlang. Phil schließt sein Ford auf und setzt sich rein. Kurz blickt er noch Schlegel hinterher, dann steckt er den Zündschlüssel rein und dreht diesen. Der Motor macht zwei Umdrehungen, dann hört Phil das vertraute Geräusch. Er läuft wieder, eine große helle Rußwolke bildet sich hinter der Heckscheibe und steigt langsam in den blauen Himmel. Schnell macht er den Motor aus, ist aber glücklich darüber. Und wo ist nun Schlegel?

Schlegel schließt die Tür mit zwei Umdrehungen auf, mit bedachter Bewegung öffnet er die Tür. Nicht damit ihm schon wieder der Dreck auf den Kopf fällt. Er blickt rechts um die Ecke. Hm komisch denkt er, hier habe ich doch die Tasche vorhin abgestellt. Oder doch nicht? Panik erfasst ihn. Schnell geht er durch den Korridor zur nächsten Tür. Die Haustür hinter ihm schlägt zu. Schlegel verharrt in seiner Bewegung. „Herr Gröber sind sie das?" dreht er sich um. Hinter ihm steht Maik und schlägt ihm mit einer Latte gegen den Kopf. Schlegel versucht noch die Arme hoch zu reißen. Zu Spät. Durch die Wucht verliert er das Gleichgewicht, sein Autoschlüssel den er in der linken Hand hatte fliegt quer durch den Korridor, bis er an der Wand zum Erliegen kommt. Schlegel selbst bricht zusammen, weil Maik gleich nochmal zuschlägt. So lang wie er ist fällt Schlegel auf den Fußboden. Draußen geht ein Auto an. „ Los ziehe ihn hier rein!" gibt Bernd Anweisungen. Zusammen ziehen sie den bewusstlosen Schlegel vor Hannes seine Füße. Hannes selbst haben sie eine alte Socke in den Mund gesteckt und mit einer alten Paketschnur festgemacht. „Hinter die Tür!" Phil steigt erstmal aus seinem Auto aus. Wo ist denn der, denkt er. Muss doch wenigstens noch Tschüss sagen. Ungeduldig tritt Phil von einen Bein auf das Andere. Oder soll ich nochmal rein gehen. „Herr Schlegel!" ruft er laut. „ Herr Schlegel! Ich fahre jetzt." Wo ist denn der? denkt er. Langsam müsste er mal rauskommen. Na gut ich komme rein. „Herr Schlegel!" ruft er beim Betreten des Gartens. Ach das wird hier schon sehr schön werden, sieht sich Phil noch mal um.   „ Herr Schlegel" Der Schlüssel steckt noch von außen. Langsam öffnet Phil die Türe. „Hallo! Wo sind sie?" Das gibt es doch nicht, drückt er jetzt die Türe auf. Vorsichtig betritt er den Korridor. Hier stimmt doch was nicht, warum sind da Schleifspuren? Waren die vorhin schon? Er bleibt stehen und lauscht. War da nicht was. Ein Schatten. Mit einer schnellen Bewegung weicht er den Schlag von Maik aus und rollt sich über den Boden ab. Blitzschnell springt er auf seine Beine und sieht den nächsten Schlag von Maik auf sich zu kommen. Reaktionsschnell hebt er das rechte Bein in die Höhe und trifft genau die Hand mit der Latte. So das die Holzlatte in hohen Bogen gegen die Wand fliegt. „ Du Schwein!" brüllt Maik und stürmt ungestüm auf Phil zu. Dieser holt mit dem linken Bein aus und trifft Maik in der Magengegend. Mit der rechten Handkante trifft er den vorgebeugten Maik mit einem Schlag genau auf den Kehlkopf. Maik reißt

die Augen auf und bricht nach Luft japsend zusammen. Phil will sich gerade auf hin schmeißen, da ertönt ein Schuss. „Runter von ihm du Schwein!" steht Bernd hinter ihm und richtet genau die Waffe auf seinen Kopf. Phil stoppt in seiner Bewegung und nimmt automatisch die Hände hoch. Langsam dreht er sich zu Bernd um. Phil mustert ihn, sein Gegenüber ist um einiges kleiner als der am Boden. Auch ist er nicht so muskulär. Eine Tätowierung prägt seine linke Gesichtshälfte, auch so ist er an beiden Händen recht bunt Tätowiert. Seinen Gegner studieren, Strategien entwickeln und Lösungen schaffen. Das alles geht Phil durch den Kopf. Ganz ruhig sieht er auf Bernd. „Maik!" ruft sein Gegenüber „Maik steh auf. Los beweg dich." Und dann zu Phil gewandt.
„Was bist du für einer? Kommst hier rein und trittst meinen Bruder um. Was wollt ihr hier? Du und der Anzugstyp. Bist du ein Bulle?" Maik rappelt sich in der Zeit langsam hoch. „ Wo ist das Schwein?" taumelt er noch beim Gehen. „ Es ist gut Maik. Lass ihn, fessele den Typ lieber. Aber ordentlich. Schön fest, der ist richtig gefährlich." Phil kann die Wut förmlich spüren, so fest bindet Maik ihm die Hände hinterm Rücken zusammen. „ Setz dich dahin." Deutet Bernd mit der Hand zur

Kiste wo Hannes sitzt. „Na Busfahrer da staunst du. Bekommst Besuch. Bruce Lee für Arme." Hannes nickt Phil zu. Maik stößt Phil unsanft auf die Kiste und reißt seine Beine hoch, um diese zu fesseln. Dann hebt Maik noch seinen Arm und deutet mit der Faust einen Schlag in das Gesicht von Phil an. Kurz vorher bleibt er stehen. „ Dein Glück du Schwuchtel!" grienst er Phil an. „ Müsste dir eigentlich deine Birne weichklopfend." Du Blödmann denkt Phil, kannst es mal probieren. Schaut er Maik provozierend in die Augen. Maik weicht dem Blick aus. Er dreht er sich um und geht.„ Eine feige Sau ist das." Flüstert er zu Hannes. Dieser nickt zustimmend.
„Wer sind die Typen? Und du bist Busfahrer? Oder ist das dein Spitzname?" sieht er Hannes nicken. „Busfahrer?" wiederholt Phil die Frage. Hannes nickt nochmal. „ Sind hier noch mehr Leute?" wieder nickt Hannes. „ Scheiße." Warum nur? denkt Phil, muss das gerade heute geschehen.

25. Kapitel

Bernd steht nachdenklich am Fenster. „Wir sollten hier abhauen." Flüstert Bernd. „ Einfach das ganze Geld einpacken und verschwinden." Maik sieht ihn fragend an. „ Das sind jetzt zu viele Geiseln. So kommen wir nicht vorwärts. Und wir können nicht alle umbringen. Das geht nicht Maik. Der Plan ist Rumänien und dann nach Südamerika. Das soll und wird hier kein Massaker geben Maik." Mit fragenden Blick kommt er ein Stück näher. „ Was ist los Bernd. Ich steche sie alle ab. Das weißt du. Denke doch an die Familie, die hier mal gewohnt hat. Du wolltest bloß das Geld. Davon war hier kaum etwas. Die Frau konnte ich auch alleine haben. Junge der habe ich es besorgt, bis die Olle tot war. Kein Mucks hat die mehr gesagt. Da hast du was verpasst, wolltest ja nicht. Das geilste war dann noch, als du die Waffe gefunden hast. Weißt du das noch?" Bernd sieht ihn traurig an. „ Wie kann ich das vergessen." „Bist immer noch sauer. Stimmt's?" „Nein." Schüttelt Bernd den Kopf „ Ist doch Quatsch. Du bist mein Bruder." „ Darum hast du auch die Morde mit mir geteilt. Als ich noch mal mit der Waffe ins Haus gegangen bin. Wollte nur mal das

Gefühl haben, wie das ist jemanden zu erschießen. Du hättest mal die Augen von den Sohn sehen müssen. Wie ich durch die Tür kam. Diese Opfer. Der Vater wollte noch den Held machen. Kurz eine mit der Faust ins Gesicht. Sage noch zu ihm bleib liegen. Aber nein, nur weil der Sohn so schreit. Taumelt so vor meinen Knien rum, habe ich einfach die Waffe angesetzt, schön in den Nacken. Zack fiel er um wie ein nasser Sack. Der Bengel schreit immer noch. Pack ihn erstmal zwischen die Beine. Den Blick hättest du sehen müssen. Mit offenen Mund voller Sabber. So eklig. Das Beste kommt aber erst noch. Da pisst der in die Hose. Meine Hand gleich ganz feucht. Brauchte ihm bloß eine Backpfeife zu geben. Dann hast du schon gerufen. Musste ich ihn kurz an dem Schopf packen. Pistole auf die Stirn gesetzt und zack. Schon ist er mit seinen Kopf nach hinten geknallt. Hatte ich mir anders vorgestellt Bernd." „Ja wie denn?" kann Bernd nur den Kopf schütteln. „Na halt anders, so wie im Fernsehen." „Diesmal passiert das aber nicht Maik. Wir haben fast hundertzwanzigtausend Euro, dass muss reichen. Wir hauen ab und lassen die alle lebendig zurück." Maik ist unentschlossen. „Wenigstens einmal die Muschi der Nutte lecken." Sich zu Hannes und Phil umdrehend, streicht sich Bernd seinen Kinnbart. „Wir packen zusammen. In fünfzehn Minuten fahren wir. Aber die da brauchen das nicht zu wissen, deutet er mit den Kopf auf die Gefesselten. Auf Maik seiner Äußerung geht er nicht ein. Maik schleicht sich wütend aus den Raum und verlässt heimlich das Haus.

26. Kapitel

Berta sitzt traurig neben ihrem Heinz. „Warum Heinz? Warum lässt du mich alleine? Das kannst du mir nicht antun. Machst dich einfach so aus den Staub." Haut sie ihm jetzt gegen die Seite. Immer und immer wieder, so steigert sie sich vor Wut rein, schlägt sie auf ihn ein. Tränen laufen über ihr Gesicht. „Du bist so ein Egoist!" schreit sie ihn an. „Hättest mich wenigsten heiraten können, du blöder Hund. Aber nein." Schlägt sie mit der Faust in die Rippen. Heinz kippt leicht zu Seite. „ Abhauen gibt es nicht!" zieht sie an seiner Jacke. „Jetzt kannst du nicht in den Keller gehen. Du Waschlappen." Schlägt sie erneut auf ihn ein.
„ Ich wollte dich immer heiraten. Nein aber du, ach ist doch noch Zeit." Gibt sie ihm eine Backpfeife. Heinz sein Kopf wackelt unter dem Schlag hin und her. „ Deine blöden Kinder bekommen jetzt das Haus und dein Konto. Und ich? Ich hasse dich du Waschlappen" weint sie nun und schmeißt sich schluchzend auf Heinz sein leblosen Körper.
„ Nur nach Hause, nur nach Hause gehen wir nicht." Erklingt im hinteren Teil des Busses ein Telefon. Berta hebt den Kopf. Da wieder, „ Nur nach Hause, nur nach

Hause gehen wir nicht..." Schnell springt sie hoch, krabbelt an Heinz vorbei und läuft in die Richtung des Klingelns. Sie bleibt stehen und lauscht. Da ist es wieder, „ Nur nach Hause, nur nach Hause gehen wir nicht.." Ist das ein Gestank hier. Sie muss sich die Nase zu halten. Das Klingeln ist aus dem Rucksack von dem Penner gekommen. Mit zwei Fingern wühlt sie in dessen Sachen rum. Ein Teil nach dem Anderen zieht sie mit Abscheu raus. Da ist es, ein Handy. Vor Freude küsst sie es, um gleich wieder auszuspucken. Sie wischt sich, mit dem Handrücken den Mund. Oh es ist noch an, freut sie sich. Sie drückt hastig eins, eins, null. Freizeichen „ Ja Hallo Hilfe!" schreit sie hysterisch ins Telefon. „ Ich bin Berta und der Bus ist entführt. Nein weiß ich nicht. Hier ist Wald. Mein Heinz ist tot." Überschlägt sie sich fast beim Erzählen, so schnell redet Berta. „ Die sind alle raus aus dem Bus, mit den zwei Verbrechern. Hilfe!" weint sie. „Ja mache ich. Die haben mich im Bus eingesperrt. Kommen sie schnell!" nimmt sie das Handy vom Ohr. Sie dreht das Handy in der Hand. „Orten, dann ortet mal." Läuft sie schnell wieder nach vorn. „Der Gestank ist ja ekelhaft." Betrachtet sie jetzt Heinz noch vom Gang aus. „ Du Waschlappen!" schlägt sie ihn wieder. „ Deine blöden Kinder bekommen das ganze Geld. Du Kümmerling." Schlägt sie ihn wieder. Rums macht es im hinteren Teil. Und nochmal schlägt einer gegen die Heckscheibe. Irgendwer schlägt die durchschossene Heckscheibe des Busses raus. Schön, freut sie sich, die sind aber schnell, denkt Berta. „ Hier bin ich! Hallo Polizei!" ruft sie vor Freude und läuft nach hinten. „ Hier bin ich. Das ging aber schnell." Vor Erleichterung könnte sie hüpfen. Dann erstarrt sie in ihrer Bewegung. Nicht die Polizei steckt den Kopf durch die Scheibe. Sie dreht sich um und rennt so schnell sie kann nach vorne. „ Hilfe!" schreit sie." Hilfe! Hört mich niemand!" „Oma." Läuft er ganz langsam hinterher. Schon beim Laufen spürt er seine starke Erregung in der Hose. „Oma gleich bist du fällig!" zieht er sich schon seine Hose aus. Berta krabbelt in die Eingangstür des Busses und macht sich ganz klein. „ Da bist du ja Oma!" Packt er sie in die Haare und reißt sie nach oben. „ Nein aufhören. Oh Gott." Sieht sie ihn nackt vor sich. „ Halt deine Schnauze Oma." Drückt er Bertas Gesicht an sein Geschlechtsteil. „ Oh Oma das ist gut oder?" Reißt er ihr mit der anderen Hand die Bluse auf. „ Oh da sind ja die alten Titten." „ Nein! Hilfe!" versucht sich Berta zu wehren und schreit aus Leibeskräften. „ Schnauze." Schlägt sie

Maik jetzt brutal ins Gesicht, immer und immer wieder. Das Nasenbein zerbricht unter den harten Schlägen, Berta läuft Blut aus Nase und Mund. Maik schmeißt sie auf die erste freie Sitzbank und zerrt ihr die Strumpfhose samt Slip aus. Berta hat keine Kraft mehr und wird ohnmächtig.

27. Kapitel

„Hört doch mal. Leise!" Sören wirkt ganz angespannt. „Jetzt höre ich nichts mehr." Enttäuscht setzt er sich auf den Fußboden. „ Wir hätten doch schreien sollen." Findet David. „ Aber nein wir müssen ja auf den..., ich meine Roland hören." Macht er eine abwertende Handbewegung. „ Ach hör doch auf damit, der Roland kann doch nichts dafür." Will Kevin beschwichtigen. „ Da jetzt schon wieder." Lauscht Sören mit einem Ohr an der Tür. „Hier! Hier sind wir!" schreit Daniel ganz laut. „ Da kommt wer." Springt Sören zwei Schritte von der Tür. Vorn dreht jemand den Schlüssel rum. „ Hier, ja hier. Na endlich!" wirkt Daniel erleichtert. Alle starren Erwartungsfroh zu Türe, bis sie lokalisieren damit keine Hilfe naht. Stattdessen schubst Bernd einen dicken Mann mit grauen Anzug durch die Tür. „ Hier Besuch für euch." Lacht er hämisch. „ Ich werde sie anzeigen." Möchte Schlegel noch was sagen und dreht sich in Bernd seine Richtung. „ Genau." Tritt Bernd ihn gegen das Schienbein. Dann verschließt er wieder die Tür von außen. „ Scheiße was ist das hier?" Schlegel blickt sich um. Sein Kopf schmerzt noch von den Schlägen. Auf dem linken Ohr hört er nicht richtig. „ Oh Gott wer seit ihr denn alle?

Was macht ihr hier?" überrascht und hilflos betrachtet er die Anderen. „ Was ist hier los? Wer sind die Typen da draußen? Und wo ist Herr Gröber?" „ Ach hör doch auf, wer soll das sein Herr Gröber. Wer bist du denn?" pirscht Kevin als erster vor. „ Ich kenne ein Gröber, war mal mein Sportpauker. Der Typ." Mischt sich Daniel ein. „ Meinen sie den?" Schlegel sieht sich überfordert um. „ Mir wird schlecht!" entweicht die Farbe aus seinem Gesicht. Und bevor er noch mehr äußern kann, beugt er sich in die Ecke und übergibt sich. „ Na prima. Sie sollten sich mal setzen." Versucht Sören Schlegel unter die Arme zu greifen. Verstört und kreidebleich kann Schlegel die Situation noch nicht ganz erfassen. „Was machen sie alle hier? Und wo ist Herr Gröber?" „ Ach hör doch auf. Du frägst immer das Gleiche. Hier ist kein Gröber:" Ist Kevin von der vielen Fragerei leicht genervt. Schlegel schüttelt den Kopf. „ Wo ist meine Tasche? Habt ihr die?" schaut er in fragende Gesichter. Roland nähert sich ihm vorsichtig. „ Au nein was willst du denn? Hast du meine Tasche?" macht Schlegel einen Schritt zurück. „Der ist nicht ganz bei sich, glaube ich:" findet Daniel. „ Sucht seine Tasche und weiß ich was für ein Zeug." Roland steht jetzt direkt vor Schlegel und blickt in seine

Augen. „ Sie sollten sich hinsetzten, sie habe ein Schlag auf den Kopf bekommen oder irre ich mich. Das Durcheinander ist logisch, sie habe eine Gehirnerschütterung." Schlegel schüttelt den Kopf. „ Bist du Arzt oder was. Ich will erst meine Tasche!" Marie die sich die ganze Zeit hinten bei Karin aufgehalten hat, kommt langsam nach vorne gelaufen. „ Hör mal zu!" Tut sie sich vor Schlegel positionieren. „ Wir haben eine scheiß Nacht hinter uns, sind von den Perversen da draußen verprügelt und hier eingesperrt worden. Wir haben alle Angst, was noch passiert. Keiner von uns hat deine Tasche, wie immer die auch aus sieht gesehen. Du bist anscheinend der mit dem Auto. Dich müssen sie auch verprügelt haben, so wie du aussiehst." Gibt sie ihren Unmut und ihrer Angst ein Ventil. Sie holt nochmal tief Luft. Sören kann genau sehen wie sich ihre Brust langsam hoch und nieder hebt. Dann schaut sie Schlegel wieder direkt ins Gesicht. „Nun mal eine andere Frage." Beginnt sie langsam zu sprechen. „Hast du ein Handy?" Schlegel starrt sie verblüfft an, dann greift er sich in die Jackentaschen und klopft sich die Hosentaschen ab. „ Nö das liegt im Auto. Freisprechanlage." „Tja dann hat Roland recht, setz dich einfach hin." Dreht sich Marie um und nimmt Sören seine Hand.

28. Kapitel

„ Wir müssen los. Wo bleibst du denn?" steht Bernd schon mit den Geldtüten im Korridor. Maik ist völlig verschwitzt, sein fettiges langes Haar klebt ihm auf der Stirn. „ Musste noch was erledigen." Sagt er, noch keuchend vom Rennen. „ Was hast du getan Bruder?" ahnt Bernd nichts Gutes. „Gar nichts, lass uns abhauen!" hat er es auf einmal eilig. „ Du sagst erst was du gemacht hast." Fordert ihn Bernd auf. Maik immer noch aus der Puste wird langsam wütend. Er dreht sich zu Bernd um, schnell drückt er diesen dem Arm an den Hals. „Nun pass mal auf. Die ganze Zeit darf ich keinen von diesen Opfern was antun. Ich weiß nicht warum du so menschlich geworden bist. Was ist mit dir los Bernd? Ich hab mir ein wenig Spaß gegönnt. Und wenn du mich noch weiter nervst." Drückt er jetzt fester gegen Bernd seinen Hals. Dessen Kopf läuft schon rot an. „ Hast du mich verstanden?" lässt er den Druck nach und nimmt seinen Arm runter. Die rote Gesichtsfarbe entweicht langsam aus Bernd seiner Haut und er betrachtet Maik. „ Was war das für Spaß?" will er wissen und reibt sich den Hals.

Maik grient über das ganze Gesicht, dann fasst er sich mit der einen Hand an sein Geschlechtsteil und hebt es symbolisch hoch. „ War nur die Oma im Bus. Schon leicht vertrocknet. Aber hat gereicht." „ Ist sie tot?" „ Keine Ahnung. Hat sich nicht bedankt bei mir." Will er loslaufen. „ Halt Maik bleib hier. Ich muss das wissen." „ Wieso musst du das wissen, damit wir wieder so einen Lügenplan machen. Die fangen uns nicht, hast du gesagt. Diesmal nicht. Also bring uns hier raus!" Bernd nickt. „ Komm wir müssen los. Nach Südamerika. Du musst in Sicherheit sein. Ich habe nicht mehr..." Maik bleibt ruckartig stehen. „Was hast du nicht mehr?" „ Ich war nicht umsonst in der Krankenstation. Ich habe das maligne Melanom, schwarzen Hautkrebs. Mein ganzer Rücken ist voll, ich sterbe bald. Ich habe höllische Schmerzen." Greift er sich in die Brusttasche und holt Tabletten raus. Maik sieht ihn fassungslos an. „Komm lass uns abhauen." Will Bernd eilig aus dem Haus. „ Das ist doch scheiße! Das geht doch nicht. Was soll ich ohne dich machen?" „ Uns nicht fangen lassen." Wedelt Bernd mit Schlegels Autoschlüssel aus dem Korridor. Kaum aus der Haustür, drückt er schon von weitem die Fernbedienung. Die Blinklichter leuchten mit einem Fiepen am BMW kurz auf. „Komme gleich!" ruft Maik ihm hinterher. Mit dem Messer sticht er bei Phil seine Ford die Reifen kaputt. Dann schwingt er sich auf den Beifahrersitz. „Sicher ist sicher." Und betrachtet die Beutel mit dem Geld auf die Rückbank. Bernd drückt den Starterknopf. Der Dieselmotor schnurrt. „Geile Karre!" haut Maik vor Begeisterung sich auf die Schenkel. „Südamerika wir kommen!" singt Maik fast vor Freude. Bernd drückt so auf das Gas, damit die kleinen Kieselsteine in den Kotflügeln klappern. Die Räder drehen durch, aber dann fahren sie los.

29. Kapitel

Phil lauscht. Es ist nichts mehr zu hören. Intensiv rüttelt er mit aller Kraft an seinen Handfesseln. Hannes beobachtet ihn von der Seite. Nach und nach dehnt sich die Schnur. Ganz auf diesen Vorgang konzentriert ist Phil tief in Gedanken. Er hat gelernt sich auf eins zu fokussieren. Ohne eine Gesichtsregung blickt er nach vorn. Langsam zieht er die eine Hand aus der Schlaufe. Geschafft. Mit schnellen Bewegungen nimmt er sich die Fußfesseln ab. Springt zu Hannes rüber und nimmt den Mundknebel raus. Dieser holt ein paarmal tief Luft. „ Danke Mann." Phil durchtrennt ihm die Handfesseln.   „ Oh du hattest Kabelbinder." „ Hannes bin ich." „ Phil, freut mich. Mit Gästen habe ich noch nicht so schnell gerechnet." Findet er schon seinen Humor wieder. „ Wo sind die Anderen?" muss er jetzt zu Hannes hoch schauen. „ Wau sie sind aber auch nicht der Kleinste!" zollt er Hannes Respekt. „ Keine Ahnung wo man sie eingesperrt hat." Beginnt Hannes zu suchen. Phil folgt ihm, bisher kennt er nur die zwei Räume von der Besichtigung. „ Hallo!" rufen beide. „ Hallo wo seit ihr!" Da zeigt Phil mit der Hand zum Ende des Korridors.   „ Hier sind wir. Hier!" hören sie Stimmen

hinter der Tür. Wie viele werden da noch sein denkt Phil. Hannes dreht hastig den Schlüssel zweimal um. Da wird schon die Türe von innen aufgerissen. Mit Tränen in den Augen blickt sie Daniel an. „Ups hier müsste mal gelüftet werden." Kann Phil sich die Bemerkung nicht verkneifen. „ Geht es allen gut?" vergewissert sich Hannes. „ Uns geht es gut. Nur den Typ mit dem Anzug:" zeigt Sören auf Schlegel. „ Herr Schlegel alles in Ordnung?" beugt sich Phil zu ihm runter. „ Da ist ja Herr Gröber." Kann es Daniel nicht glauben hier seinen alten Sportlehrer zu sehen. Phil dreht kurz seinen Kopf in Daniels Richtung, um dann gleich wieder Schlegel auf die Stirn zu fassen. Karin sitzt Mitleidend daneben. „ Wir müssen zum Bus." Mahnt Roland zum Aufbruch. „ Na klar schon wegen der alten Frau." Geht Hannes sofort los. „ Ich komme auch mit." sagt Marie. Roland läuft in schnellen Schritten neben Hannes. „ Im Bus habe ich ein Handy." Hannes blickt kurz zu ihm runter. „ Na dann schnell."
Die Anderen folgen ihnen mit etwas Abstand, nur Karin bleibt mit Schlegel zurück.
Hannes sucht den Schlüssel. Da ist er, ganz tief in der Hosentasche. Er atmet tief durch. Sofort steckt er diesen in den Schlüsselschalter und dreht diesen nach

rechts. Unter einem lauten Zischen schwingt die Tür auf. Sofort stürmen Hannes und Roland in den Bus.
„Ach du scheiße!" Kommt es Roland über die Lippen, als er Berta in der Sitzreihe liegen sieht. „Was ist denn hier passiert? Los such dein Handy!" schickt Hannes Roland nach hinten. Dann kniet er sich neben Berta und fühlt ob noch Puls vorhanden ist. „Sie lebt noch!" schreit er nach hinten. Er zieht seine Jacke aus und bedeckt ihren nackten Unterleib. Marie sieht entsetzt zu. Dann rennt sie aus den Bus und übergibt sich. Roland wühlt in seinem Rucksack. „Wo ist das blöde Handy." flucht er vor sich her. „Ist es das?" Hannes hebt ein Handy hoch und hält es in der Hand. „Ja genau." Hannes dreht es und schaut rauf. Es leuchtet noch. „Hier mach du, will eine Pin haben." Roland nimmt es. „Nein das hat keinen Pin. Könnte ich mir nie merken. Geht auch so." drückt er die Eins, Eins, Zwei. Freizeichen ertönt. „Hallo hier ist der entführte Bus. Genau. Schwerverletzte Frau. Standort hm." „Am alten Forsthaus" ruft Hannes. „Hallo hören sie, Altes Forsthaus. Ja richtig. Ja schnell. Kommen sie und rufen sie die Polizei! Ja wirklich. Nein, ach doch ein Mann ist Tod. Keine Ahnung, nein kenne nicht den Name. Nein nicht der Busfahrer. Der lebt. Ich

Roland Jahns." Beendet er das Gespräch. „ Die Polizei ist schon unterwegs:" dreht er sich zu Hannes um „Die alte Frau muss anscheinend dort angerufen haben." Hannes nickt. Entsetzt blickt er sich in seinem Bus um.   „ Der muss über die Heckscheibe gekommen sein." Roland ist schon wieder nach vorne gegangen. „ Hallo warte mal!" ruft Hannes ihm zu. „ Ich bräuchte mal dein Handy. Wenn du erlaubst." Roland dreht sich um, dann reicht er ihm sein Handy. „ Ist fast der Akku alle." Hannes sieht besorgt auf das Display, noch dreizehn Prozent Akkuleistung. Depot oder Claudi denkt er. Depot, kenne doch nur die Depotnummer auswendig. Schnell drückt er die Zahlenreihenfolge. Ein Freizeichen ertönt. Sein Herz schlägt vor Freude und Enthusiasmus. Dann „ Ja hallo hier ist Hannes, hier ist der Sechs Drei Vier…

30. Kapitel

Unruhig läuft Roger in seinem Büro hin und her. Vor zwanzig Minuten hatte die Polizei angerufen, damit diese einen Notruf von einer Frau erhalten haben. Sie sei in einem Bus und dieser ist von Verbrechern entführt worden. Die Polizei konnte nicht sagen wo der Bus steht und ob es Verletzte gibt. Es wurde eine Großfahndung eingeleitet, der Standort des Busses sollte über die Handyortung ermittelt werden. SEK und Krankenwagen stehen in Bereitschaft. „ Warum dauert das so lange?" wird Roger immer kribbeliger. Claudia sitzt nachdenklich auf dem kleinen Sofa in Rogers Büro. Moni sitzt ihr gegenüber auf dem Stuhl, mit der Kaffeetasse in der Hand sieht sie müde und erschöpft aus. Der Kaffee ist schon kalt, aber das ist nicht so wichtig. Hier zu sitzen und zu warten, dass macht sie mürbe.
Nebenan bei Tina klingelt das Telefon. „ Hallo hier das Busdepot am Apparat Frau Helmer. Nein wirklich. Warte ich mache auf Lautsprecher." Dreht sie sich um „ Leute Hannes ist am Telefon!" schreit sie in den Raum. Dann drückt sie auf Lautsprecher. „ Wo ist er?" „ Geht's ihm gut?" rufen Roger und Claudia durcheinander. „ Hallo hier

bin ich. Mir geht es gut." Alle stehen um das Telefon. Claudia und Moni stützen sich gegenseitig. „ Der Bus ist etwas defekt Roger. Die Heckscheibe ist raus und er ist leicht verdreckt." „ Scheiß doch auf Bus. Hauptsache euch geht es gut." Findet Roger die Sprache wieder. „ Hannes Polizei ist unterwegs!" rufen Tina und Claudia fast gleichzeitig. Sie sehen sich an und beide müssen schon fast wieder lachen. „ Ich kann nicht lange reden. Das Handy ist gleich alle. Hört ihr?" „ Ja wir hören Dich. Das ist so schön!" ruft Moni. Das andere Telefon klingelt jetzt auch noch. Tina geht ran. „ Ja Hallo Zentrale Busdepot Frau Helmer. Ja danke. Vielen Dank. Richte ich aus." Legt sie wieder auf. Dann spricht sie lauter, so damit es Hannes auch hören kann. „Das war die Polizei, damit sie schon wissen wo der Bus ist und das sie in zehn Minuten am Alten Forsthaus sind. Mit Spezialeinsatzkommando und voller Kapelle." „ Hast du das gehört Hannes?" ruft Claudia „ Ja super..." dann bricht die Verbindung ab.
„Da fallen mir aber die Steine von der Seele. Richtige Felsbrocken." Schnauft Roger erstmal durch. „ Du Moni fährst jetzt nach Hause." Sieht er sie an. „ Oder? Halt mal ich fahr dich lieber nach Hause. So wie du aussiehst. Möchte so und so zum Alten Forsthaus fahren." Meint dann

Roger. Moni wischt sich die Tränen aus den Augen und schnaubt sich die Nase. „ Lasse keine Widerrede dulden. Ab mit dir ins Auto und nach Hause." Schiebt er sie vor sich her. „ Nehmen sie mich auch mit?" hört er Claudia sagen. „ Wo hin?" dreht sich Roger um.   „ Mit zur Hannes!" Roger überlegt einen Augenblick, dann winkt er sie mit einer Handbewegung. „ Wenn es sein muss. Kommen sie!"

31. Kapitel/ Elf Uhr einundzwanzig

Mit viel Vollgas fährt Bernd den Feldweg entlang. Das Wasser aus den Pfützen fliegt über den BMW hinweg. „ Geiles Gerät die Karre." Ist Maik immer noch begeistert. „Das ist das richtige Auto für uns. Stimmt's Bernd?" Mit verkniffenen Augen starrt Bernd gerade aus. Mit beiden Händen hält er krampfhaft das Lenkrad fest, um so bei jedem Schlagloch gegenlenken zu können. So das er nicht die Gewalt über das Auto verliert, bei siebzig Stundenkilometern auf so einen kaputten Feldweg. „Wie lang ist denn dieser scheiß Weg noch?" wird Maik auf seinem Beifahrersitz richtig durchgerüttelt. Bernd gibt unvermindert Gas. Er weiß damit es ein Fehler war, in dem Haus so ewig zu bleiben. Die Polizei wird den Bus schon lange suchen. Es ist nur eine Frage der Zeit, bis die hier auftauchen. Bestimmt gibt es schon das volle Programm. Straßensperren und jede Menge Polizeikontrolle. Er streichelt sich über seinen Bart und fühlt dann die Pistole im Hosenbund. Eine Glock Siebzehn mit einer Magazinkapazität von Siebzehn Schuss Munition. Zweimal habe ich schon in die

Luft geschossen denkt er. Ich gehe nicht mehr ins Gefängnis und Maik auch nicht, blickt er jetzt seinen Bruder kurz an. Eigentlich kennt er ihn nur so. Immer gewaltbereit. Nach der fünften Klasse musste Maik ins Heim für schwierige Kinder. Ist aber immer wieder ausgerissen, hat dort den Heimleiter verprügelt. Jugendarrest war die nächste Stufe bei ihm. Maik war von seinen siebenunddreißig Jahren bestimmt zwanzig irgendwo eingesperrt. Bei einem Intelligenztest hatte man bei ihm einen Achtundsechziger Intelligenzquotient festgestellt, was schon einer leichten geistigen Behinderung gleich kommt. Er dagegen war total das Gegenteil. Sogar Abitur gemacht, um dann aber mit Betrügereien zu mehr Geld zu kommen. Schöne Frauen, viel Reisen und gut leben das war sein Credo. Hatte meistens Glück mit dem Richter, immer nur Bewährung, bis vor sechs Jahren. Als er Maik half aus dem Knast aus zu brechen. Kannte den einen Justizvollzugsbeamten, der schuldete ihm noch was. Um dann, sind sie bei der Flucht auf das verdammte Haus am Waldrand getroffen. Nur Geld und Wertgegenstände wollten sie klauen. Aber dann richtet Maik dieses Desaster an. Das hat er erst bei der Verhaftung erfahren. Zum Glück hatte Maik so viel von den Polizisten, sechs Mann mussten ihn überwältigen, auf das Gesicht und den Kopf bekommen, dass der Unterkiefer total gebrochen war. Er lag sogar zwei Tage im Koma. So konnte er die Schuld auf sich nehmen. Der Richter hat es nicht ganz geglaubt, aber zum Schluss bekamen sie beide Lebenslang, wegen zweifachen Mord, Körperverletzung, Nötigung, Vergewaltigung und schweren Raub. Sowie das planen und durchführen einer Entweichung aus einer Hoheitlichen Verwahrung, auch Gefängnis genannt. Bernd wird aus seinen Gedanken geholt. Ungefähr Tausendmeter entfernt, am Ende des Feldweges sieht er Blaulicht. Ruckartig tritt er in die Bremse. Maik fliegt mit seinem Kopf nach vorne. „Was soll der Scheiß?" brüllt er Bernd an. Der legt den Rückwärtsgang ein und wendet den BMW zügig. „ Die Bullen!" deutet er mit den Kopf zum Ende des Weges. Mit aufheulenden Motor fahren sie wieder den Weg zum Alten Forsthaus zurück. „ Gib Gas Bruder!" feuerte Maik ihn an.

32. Kapitel

Phil lässt Schlegel mit der Frau alleine im Bad zurück. „Der wird schon wieder. Stimmt's Herr Schlegel!" streichelt er ihn über seine fettigen Haare. Pfui denkt er und wischt sich die Hand an seiner Hose ab. „ Mein Name ist Phil, eigentlich Phillip. Aber Phil finde ich besser." „ Angenehm Karin von Samtwege." Phil verneigt sich ehrwürdig. „ Was machen sie in diesem, Bus? Ist nicht ihr Mann?" „ Pssst. Bitte nicht. Ja das ist er. Das andere ist eine lange Geschichte" Flehen die Augen Phil an, nicht den Hinter Name zu verraten. „ Kein Problem. Achten sie schön weiter auf den Herrn Schlegel." Dreht er sich um und verlässt nun endgültig das Badezimmer.
„Ach hör doch auf, hier liegt mein Handy. David schau mal!" ruft er. Kevin dreht sich hin und her. Wo ist der denn? Denkt Kevin. „ David!" ruft er nun lauter. „ Ach hör doch auf, eben nicht." Durchwühlt er den einzigen Schrank der in der Küche steht. Phil beobachtet ihn eine Weile unauffällig. Dann räuspert er sich. Erschrocken zuckt Kevin zusammen. „Ach hör doch auf, mach mir nicht solche Angst. Hätte mir fast einen braunen

Streifen in die Unterhose gemacht." Phil zieht unschuldig die Schulter hoch. „Du schnüffelst in meinen Schränken." Ahnungslos sieht Kevin ihn an. „Verstehe ich nicht. Wie dein Schrank? Gehört dir das Haus?" Phil nickt. „Habe ich heute von Herrn Schlegel gekauft." „Na dann Glückwunsch. Meine Alten haben auch ein Haus. Nicht so eins. Ganz modern. Da ist aber kein Platz für mir." Er legt die Smartphones vor Phil auf den Fußboden. „Die lagen hinterm Schrank. Ich gehe dann mal gucken wo die Anderen sind." Hat er es eilig an Phil vorbei zu kommen. Komischer Vogel denkt Phil. Dann reibt er sich die Augen als er aus dem Fenster sieht. Was ist das da hinten. Ein Auto? Er kann nicht richtig erkennen, ob es her kommt oder sich fort vom Haus bewegt. Es ist zu weit weg. Schnell rennt er nach draußen. „Was ist das für Scheiße!" flucht er, als er die platten Reifen entdeckt. Vor Wut tritt er gegen das Rad. „Au ein Platten? Sieht nicht gut aus." Steht Marie hinter ihm. „Das da auch nicht." Macht Phil mit den Kopf in die Richtung des Feldweges. „Nö oder? Sind das die Typen?" kann sie auch von weiten das dunkle Auto erkennen. „Polizei ist es nicht. Wir sollten uns verstecken." Mahnt Phil zur Eile. „Wollte noch kurz

fragen ob sie irgendwo ein Ladekabel für ein IPhone haben? „Mediamarkt hat schon geschlossen." Öffnet er die Türe vom Ford. Phil beugt sich rein und kramt etwas darin rum. Nach einer kurzen Weile zieht er ein Ladekabel hervor. „Bitte." Hält er ihn Marie vor die Nase. Dann schaut er in die Richtung vom fahrenden Auto. „Los jetzt!" schiebt er Marie ins Haus. „Gehe du bitte die Anderen warnen. Wir treffen uns beim Bus. Wo ist der noch mal?" „Ich weiß wo der ist." Steht Karin vor ihm. „Warum müssen wir dahin?" „Wir bekommen Besuch. Die Typen." Marie läuft sofort los. Phil hebt Schlegel hoch. „Wo ist meine Tasche?" redet er schon wie in Trance. „Er hat Fieber glaube ich." „Könnte sein Karin. Aber wir müssen jetzt hier raus." Phil hört jetzt schon das Motorgeräusch auf dem Feldweg näher kommen. Hannes kommt ihnen entgegen gelaufen. Zusammen setzten sie Schlegel in den Bus. „Wie sieht nun der Plan aus?" ist Marie neugierig und ungeduldig zu gleich. Angstvoll blicken die Augen Phil an. Roland hat sich zu ihnen gestellt. „Wenn ich mal was sagen dürfte." Frägt er unsicher „Immer raus damit, wenn es hilft!" ermutigt Hannes ihn.
„Wir setzen die Frauen in den Bus.

Schließen den ab und." "Wie? Du meinst wir sollen kämpfen?" frägt Phil etwas irritiert. " Nein, aber wir sollten zuerst die Frauen schützen." "Ach hör doch auf. Was ist mit mir? Und wo ist überhaupt David?"
Phil schaut sich nach hinten um. " Ach ist auch schon egal. Was sagst du Busfahrer?"
"Die Frauen in den Bus. Und wer immer noch will." Roland schüttelt den Kopf. Sören schaut schüchtern zu Marie. Kevin springt sofort die Treppe hoch. "Ach hör doch auf." "Alles gut Kevin. Hier muss keiner den Helden spielen!" Sören will die Hand von Marie fassen, aber sie steckt ihre Hand schnell in die Hosentasche. Dann dreht sie sich um und nimmt die zwei Stufen in den Bus mit einem Satz. Sören folgt schweigend. " Verschließe deinen Bus Hannes!" haut ihn Phil auf die Schulter. Hannes ist noch unschlüssig. " Wieso nehmen wir nicht alle den Bus?" Und bevor er die Antwort abwartet, springt er mit zwei großen Schritten, vorbei am verdutzt schauenden Roland in den Bus. Karin die vorne sitzt sieht ihn verblüfft an. Phil reagiert als erster und zieht Roland am Arm. " Auf die einfachsten Dinge kommt man nicht!" folgt er auch und besteigt den Bus. Hannes sitzt schon auf dem

Fahrersitz. Den Zündschlüssel hat er schon eingesteckt und dreht jetzt diesen. Der Motor springt an, das Geräusch was Hannes so liebt. Ein Blick zur Einstiegstür. Roland hat sich schon neben Karin gesetzt, alle sind an Board. Tür schließen, Kupplung treten, Gang einlegen. Alle Automatismen funktionieren. Er muss den Bus erstmal aus dem Waldweg fahren. „ Wo lang? Wenden oder geradeaus?" stellt er die Frage an Phil.

33. Kapitel

Bernd läuft der Schweiß runter. „ Gib Gas Bruder!" feuert ihn Maik an. Der BMW nimmt jedes Schlagloch mit, aber das nehmen die beiden nicht mehr wahr. So fokussiert sind sie bei der wilden Fahrt. „Wo ist die Waffe?" will Maik wissen. „ Bei mir." Kommt nur kurz von Bernd. „Wir müssen in das Haus!" und tritt weiter auf das Gaspedal. „ Hoffentlich sind die Opfer noch auf ihren Platz!" meint Maik. „ Glaube ich nicht!" „Wieso?" „ Deshalb." Zeigt Bernd mit den Kopf nach vorne. Maik staunt und reißt die Augen weit auf. Auf dem Feldweg kommt ihnen der Bus entgegen. Mit rasenden Tempo nähert sich der BMW immer weiter dem Bus. „ Was soll diese Scheiße?" Bernd tritt voll auf die Bremse. Die Räder blockieren, der BMW rutscht aus der Fahrspur und kommt ins Schlingern. Bernd versucht gegenzulenken. Aber zu spät, er kann das Auto nicht mehr halten. Es rutscht vom Feldweg in den Graben, der den Weg vom Acker trennt. Sofort tritt Bernd wieder auf das Gaspedal. Der Motor heult auf, aber die Räder drehen nur durch. Zu nass und matschig ist der Graben vom vielen Gewitterregen in der Nacht. Immer wieder versucht Bernd es. Maik ist schon rausgesprungen und versucht von hinten zu schieben. Schweißnass vor Aufregung sieht Bernd erst nach vorn, wo der Bus immer näher kommt. Dann blickt er in den Rückspiegel und sieht das Blaulicht unaufhaltsam auf sie zu kommen. Es hat keinen Zweck. Er macht den Motor vom BMW aus. Steigt aus und betrachtet die ausweglose Situation. „Was soll das? Mach weiter!" fordert ihn Maik auf. „Keine Chance! Sieh doch, wir stecken fest!" Und das im wahrsten Sinne des Wortes, denkt Bernd. Maik glotzt ihn jetzt an, dann schlägt er mit dem Fuß gegen die tief im Schlamm eingegrabenen Räder. „Das ist doch Scheiße!" flucht Maik. Jetzt kann man deutlich das Martinshorn der Polizeiautos hören. „Mich bekommt ihr nicht. Scheiß Bullenschweine!" läuft er den Feldweg lang, in die Richtung des Busses. „Maik!" ruft Bernd ihm hinterher. Maik bleibt stehen und dreht sich um. Sein Gesicht ist verdreckt, sein Gesichtsausdrück ist finster. Mit aufgerissenen Augen blickt er apathisch mal zu Bernd und dann wieder zum Bus. Der kommt in mäßiger Geschwindigkeit immer dichter an ihm ran. „Mach doch mal was Bruder!" schreit Maik. „Schieß auf den Bus! Oder gib mir die Wumme!"

läuft er wieder zu Bernd zurück. Dieser steht regungslos und ist nicht in der Lage sich zu bewegen. Seine Schmerzen sind jetzt einfach zu groß, der Krebs frisst sich durch seinen Körper. Bernd sieht seinen Bruder kommen, aber er ist wie gelähmt vor Schmerz. „Gib mir die Wumme! Was ist denn mit Dir? Bernd!" schreit Maik ihm ins Gesicht. Dann greift sich Maik die Pistole aus dem Hosenbund von Bernd. Dieser will noch zugreifen, da stößt Maik ihn auch schon vor die Brust. „ Bist du jetzt feige geworden oder was?" schreit Maik herum. Bernd fällt nach hinten und landet auf dem feuchten sandigen Boden. Maik rennt mit der Pistole auf den Bus zu. Bernd sitzt schwer atmend auf dem nassen Feldweg. Die Schmerzen die er gerade verspürt, machen ihn so hilflos. Er kann Maik nur nachschauen. Dann muss er sich erbrechen.

.

34. Kapitel

Hannes hat alles beobachtet, so gut es ging. Er nimmt nochmal etwas den Fuß vom Gaspedal. Dann schaltet er einen Gang runter. „Der Verrückte kommt." Dreht sich Phil zu den Anderen. „Wir sollten alle in Deckung gehen." Fordert er alle auf in den hinteren Teil des Busses zu gehen. Hannes stoppt den Bus. Noch sehen sie Maik nur schemenhaft. Gebannt blicken Phil und Hannes auf die große dunkle Gestalt. „Was machen sie jetzt?" möchte Roland wissen. „Keine Ahnung was die Idioten machen!" wird Phil unruhig. „Seit mal leise!" hört er das Martinshorn. „Das kommt von da!" zeigt mit dem Finger nach hinten. Tatsache hinter ihnen kommen Polizeiautos aus dem Wald gefahren. Sie sind jetzt in der Höhe des Hauses. Hannes legt sofort den Rückwärtsgang ein. „Bist du gut im Rückwärtsfahren?" erkundigt sich Phil. „Werden wir gleich sehen!" tritt er das Gaspedal durch und hat nur seinen Rückspiegel als Orientierung. „Wo ist denn die Rückfahrkamera?" will Phil wissen. „Eigentlich da!" zeigt Hannes mit den Finger auf das dunkle Display. „Muss wohl der Idiot kaputt gemacht haben."

Roland blickt mit Entsetzen auf den heranstürmenden Maik. „Der hat eine Waffe!" schreit er. „Runter! Alle in Deckung!"

„Ach hör doch auf, was ist das bloß für ein Dreck alles." Durchsucht Kevin auf allen vieren, den Bus nach der Handtasche. Ab und zu muss er die Luft anhalten vor Gestank. Marie hält sich ihr ladendes Smartphone unterm Sitz ans Ohr. Leise spricht sie hinein, „. weiß nicht,…Nachmittag. Sitze im Bus fest… Mist keine Verbindung" hört er Marie fluchen. Mehr versteht Sören nicht, auch wenn er sich noch so bückt. Hannes stoppt wieder, jetzt sind die Polizeiautos direkt hinter dem Bus. Phil kann auch Krankenwagen sehen. Sorgenvoll blickt er zu der alten Frau, die leise röchelnd auf den Sitzen liegt. Gebeugt läuft er weiter zu Schlegel. Der liegt schwer atmend und mit kaltem Schweiß auf der Stirn, mit halbgeschlossenen Augen auf der Sitzbank. Dann poltert es im hinteren Busbereich. Alles schaut zur kaputten Heckscheibe. Zwei mit Sicherheitswesten schwarzvermummte Polizisten springen in den Bus, mit geladener Maschinepistole MP Fünf im Anschlag. Kevin fällt sofort auf den Bauch und hebt die Arme schnell über den Kopf. Mit Handzeichen verständigen sich die Polizisten untereinander. Keiner spricht ein Wort. Alle im Bus verfolgen das mit beklemmender Mine. Hannes will gerade von seinem Sitz aufstehen, da unterbricht ein lauter Knall die gespenstische Stimmung. Die Frontscheibe zerbarst in tausend kleine Stücke und fällt in sich zusammen. Dann fällt Hannes vorne über, so dass er in den Eingangsbereich der Vordertür fällt. Danach ertönt gleich der nächste Knall, diese Kugel schlägt aber etwas tiefer unterhalb der Frontscheibe ein.

35. Kapitel

Maik läuft nun quer über den Feldweg, durch den matschigen Graben auf das abgeerntete Maisfeld. Schnell schmeißt er sich in den Dreck. Aber es ist zu spät. Eine Maschinengewehr Salve hat seinen Unterschenkel getroffen. Das Blut läuft nur so und vor Schmerzen könnte er sich krümmen und schreien. Doch er tut es nicht. Was Bernd ihm zuruft hört er auch nicht. Er springt auf und schießt einmal, zweimal und dann geht er zu Boden. Er sieht nicht mehr, damit er die Frontscheibe vom Bus getroffen hat. Beim Sturz verliert er die Pistole. Mit dem Gesicht landet er im feuchten Sand. Leise atmet er aus und ein. Blut kommt unter seinem Bauch hervor. Er merkt nicht wie warm das Blut ist. Stattdessen versucht sich Maik noch mal mit letzter Kraft aufzustützen. „ Scheiß Bullen…!" fällt sein Körper wieder nach unten. Leise atmet er noch ein letztes Mal aus. Zwei Maschinengewehr Salven zerfetzten ihn die Lunge und den Unterbauch. Bernd rennt los. „Maik!" ruft er unter eigenen Schmerzen. „Maik. Nein! Ihr Mörder!" schreit er die Polizisten an, die auf der rechten Flanke des Busses positioniert sind. Bernd nimmt die

Warnrufe der Polizei nicht wahr. Er bleibt nicht stehen. Läuft immer weiter. Bernd stürzt in den Graben, weil er gestolpert ist. Unter Schmerzen rappelt er sich wieder auf. Jetzt trennen ihm nur vier Meter von Maik. Überall sieht er das Blut. Auf allen vieren krabbelt er nun weiter, nur davon getrieben zu seinem Bruder zu kommen. Auf einmal stockt er in seinen Bewegungen, er sieht sie. Da liegt die Pistole. Ohne auch nur weiter zu überlegen, greift Bernd zu der Waffe. Unkontrolliert und vor Schmerzen taumelnd, steht er auf und zielt wahllos in die Busrichtung. Aber noch bevor er abdrücken kann, erwischt ihn ein gezielter Kopfschuss. Ohne einen Ton zu sagen, schlägt Bernd sein lebloser Körper auf den Boden auf. Ruhe. Nur im nahegelegen Kiefernwald krächzt eine Krähe.

36. Kapitel

Dann bricht im Bus die Unruhe aus. Phil möchte zu Hannes, aber der Polizist hält ihn von Hannes fern. Roland stürmt auch sofort nach vorne. Der andere Polizist beugt sich über Hannes, legt seine Zeige- und Mittelfinger an dessen Halsschlagader. Um dann für alle sichtbar den Daumen nach oben zu zeigen. Fast im selben Augenblick öffnet Roland die Bustür. „ Respekt!" gibt Phil ihm zu verstehen. „ Nur aufgepasst. Kein Ding:" gibt er verlegen zurück. Sofort stürmen die Sanitäter und der Notarzt in den Bus. Sie versorgen erst Hannes. Leicht drehen sie ihn um, die rechte Schulter ist total voller Blut. Sie schneiden ihm das Hemd auf und versorgen die Wunde. „ Ist es sehr schlimm?"
ist Phil besorgt. „ Sieht wie ein Durchschuss aus. Das wird wieder." Meint der Notarzt. Der ist doch bestimmt fast genauso alt wie ich denkt Phil, als er den Notarzt bei seinen geübten Handgriffen zuschaut. Und auf einmal öffnet Hannes die Augen. „ Da ist ja unser Busfahrer wieder." Ist Phil erfreut. Hannes hebt schwach die Hand. Leise flüstert er. „ Kann kein Blut

sehen." Kann er auch schon wieder schmunzeln. „So ein Baum von Mann." Phil zeigt den Daumen hoch. Die Sanitäter haben ganz schön zu tun, als sie Hannes hochheben müssen. Phil nimmt auch den Ausgang und verlässt den Bus. Hier ist fast noch mehr Trubel wie im Bus. Tief atmet er die frische Luft ein und sieht in den wolkenlosen blauen Himmel. Seine Uhr zeigt zwölf Uhr neunzehn. Er geht um den Bus und wagt einen scheuen Blick auf die Polizeibeamten. Von denen einige weiße Körperanzüge tragen. Dann fährt hinter ihm der erste Krankenwagen vorbei. Kevin steht bei Polizeibeamte in Zivil und gibt sich redselig. Für Phil wirkt das alles unreal. Die zwei Verbrecher liegen immer noch da, wo sie erschossen wurden. Nicht abgedeckt, werden sie von allen Seiten fotografiert. Der zerschossene Bus, die sich drehenden Blaulichter an den Einsatzautos, das weiträumig abgesperrte Areal mit dem rot-weißen Flatterband der Polizei. Und er steht mitten drin.
„Geht es ihnen gut?" steht ein Sanitäter hinter ihm. Phil nickt nur.
Roland weicht nicht von Karins Seite. In Decken gehüllt setzen sich beide in den großen Mercedestransporter der Polizei. Dort befindet sich auch schon Marie, um

erste Aussagen zu machen. Sören wollte eigentlich nicht von ihr getrennt werden, aber er musste mit dem zweiten Rettungswagen zusammen mit Schlegel ins Krankenhaus.

„Ach hör doch auf, ich weiß gar nicht wo David ist." „ Wer ist David?" will der Beamte wissen. „ Mein Kumpel, der ist schon seit Ewigkeiten verschwunden." „Glauben sie ihm ist etwas passiert?" „ Ach hör auf, dem ist nichts passiert. Der ist nur.." hält Kevin inne und überlegt kurz. „Ja bitte reden sie weiter." „ Der ist nur weg gerannt." Merkt Kevin jetzt, damit David die Handtasche bestimmt geklaut hat. Dann folgt auch er den Beamten zur Feststellung der Personalien in den Mercedestransporter.
„Kommen sie bitte." Wird Phil von einem Beamter höflich angesprochen. „ Wohin?" möchte Phil wissen. „ Nur zur Klärung ihrer Personalien." Widerwillig folgt Phil dem Beamten zu den Anderen.
„Nein ich war nicht in dem Bus." „ Und was machen sie hier?" möchte der Beamte von Phil wissen. „ Das ist ganz einfach zu erklären. Ich habe heute das Haus dort hinten gekauft." Deutet er mit den Zeigefinger auf das Forsthaus. Der Beamte überlegt kurz. Geht aus dem Transporter, zieht er sein Telefon

heraus und ruft jemanden an. Kevin blickt zu Phil. „ Lehrer ich glaube die denken, du bist einen von den Verbrechern." Phil beobachtet nun misstrauisch den Polizeibeamten. Leider kann er nicht verstehen, was er sagt. Nach einer Weile steigt der Beamte wieder in den Transporter. „ So weit erstmal alles gut." Grient er etwas seltsam. „ Wir werden jetzt erstmal alle auf das Revier fahren. Von dort aus wird man sie nach Hause bringen. Außer sie Herr Gröber. Bei ihnen hätten wir noch gleich ein paar Fragen." Ruhig bleiben Phil, immer ruhig. Holt er Luft. Ganz langsam atmet er tief ein und dann aus. „Was soll das? Glauben sie ich hätte was mit dieser Scheiße zu tun hier." Spricht er die Wörter schön langsam und klar, ohne dabei eine Emotion reinzulegen. „ Heute früh habe ich meinen Makler hier getroffen, den Herr Schlegel." „ Sage nichts mehr:" unterbricht ihn jetzt Roland. „ Wenn sie glauben damit dieser Mann was mit den Verbrechern gemeinsam hat, dann sind sie im Irrtum. Er ist genauso unschuldig in diese prekäre Situation geraten wie wir. Der Bus ist unwillkürlich diesen Weg gefahren, dass wird jeder bestätigen. Vor allem der Busfahrer Hannes. Sie sollten uns jetzt nach Hause fahren und nicht irgendwelche

absurden Behauptungen aufstellen. Statt ihre Polizeitechnischen Maßnahmen einzuleiten, sollten sie lieber Seelsorger für jeden von uns besorgen. Das ist eine ihrer ersten Aufgaben." Beendete Roland seinen Satz. „ Woher wollen sie wissen was meine Aufgaben sind?" Roland sah ihn eine Weile an, dann blickte er zu Karin. „ Lieber junger Kollege. Ich bin Polizeihauptkommissar Roland Jans. Oder besser gesagt ich war." Nun war es raus. „Ach hör doch auf, der Roland war ein Bulle. Voll krass!" war Kevin verblüfft. Auch Karin sah ihn unvermittelt überrascht an. „ Mich wundert heute gar nichts mehr." Ist Marie wenig erstaunt. „ Aber es wäre schön, wenn wir endlich los fahren würden." Drängelt sie zum Aufbruch. Der junge Polizeibeamte ist für einen Moment etwas verwirrt, schnell aber besinnt er sich wieder. „ Es geht gleich los." Steigt er wieder aus den Transporter.
„ Polizist warst du mal?" kann es Phil auch noch nicht richtig fassen. „Was ist passiert?" „Du meinst warum ich jetzt ein Obdachloser bin? Das ist eine lange Geschichte und die gehört hier nicht her." Beendet Roland das Gespräch.
Nach einem kurzen Telefonat steigt der Polizeibeamte wieder ein und schließt

diesmal die Autotür. Er klopft den Fahrer auf die Schulter und der Mercedes setzt sich in Bewegung. Langsam rollt er an dem abgesperrten Areal vorbei. Mit großen Augen blickt Kevin durch die Scheibe nach draußen. Auch Roland betrachtet den Tatort. Kurz sieht er noch den alten Mann im Bus sitzen, von Ermittler in weißen Körperanzügen umringt. „Was ist mit der alten Frau?" frägt er den Beamten. „ So viel ich weiß. War es bei ihr sehr kritisch. Aber mehr und näheres weiß ich auch nicht." Kann dieser nicht weiterhelfen. Die Verbrecher liegen immer noch so im Schlamm, als der Transporter vorbei rollt. „Ach hör doch auf, da liegen die Typen." ist Kevin beeindruckt. Bedrückt von der Situation kommen Karin die Tränen. „ Warum?" schüttelt sie unmerklich ihren Kopf.
Marie hält sich die Hand vor den Augen. „So viel möchte ich nicht sehen. Auch wenn das Arschlöcher waren." Ist die Stille jetzt fast greifbar im Transporter. Nur als sie am festgefahrenen BMW vorbei fahren, entlockt es Kevin ein „ Geiles Teil. Ach hör doch auf, das so ein zu drecken. Ist das deiner?" Phil schüttelt den Kopf. „ Schlegel seiner."

37. Kapitel

Die Polizeibeamten stoppen den VW Passat der Straßenverkehrs Behörde schon an der Einfahrt zum Feldweg. Roger öffnet das Fenster. „ Hallo ich bin der Herr Willner und Einsatzleiter bei den Busbetrieben. Am alten Forsthaus soll unserer Bus stehen." Der Beamte schaut in das Auto. „ Das mag sein, aber ich kann sie nicht durch lassen." Kommt in diesem Moment ein Krankenwagen an ihnen vorbei gefahren. Mit Blaulicht und Martinshorn fährt er auf die Bundesstraße in Richtung Stadt. Roger und Claudia sehen sich fragend an. „ Können sie uns wenigstens sagen, ob der Busfahrer noch lebt?" Frägt Claudia besorgt wegen dem Krankenwagen, der sie gerade passiert hat. „ Wie ist der Name?" sieht der Polizeibeamte die besorgten Gesichter. Schon fährt der zweite Krankenwagen mit Blaulicht und Martinshorn an ihnen vorbei. „ Schuster, Hannes Schuster." Der Polizist greift zu seinem Funkgerät und nimmt ein paar Meter Abstand vom Passat.
„ Warum dauert das so lange?" kommt Claudia die Sekunden wie Stunden vor. „ Alles wird gut:" versucht Roger ihr die Sorge zu nehmen. Nach einer gefühlten Ewigkeit für Claudia kommt der Polizeibeamte wieder. Er tritt an das Auto

und beugt sich vor. „ Der Busfahrer ist am Leben." „ Geht es ihm gut? Wo ist er? Kann ich zu Ihm?" sprudelt es aus Claudia raus. „Immer langsam, eins nach dem anderen." Versucht der Polizist die Fragen zu sortieren. „ Hören sie, er ist verletzt und unterwegs in Städtische Krankenhaus Falkenhain." Kann der Polizist das gerade noch so aussprechen, als Roger schon den VW Passat startet und mit einem kurzen, schnellen Wendemanöver den Passat auf die Bundesstraße lenkt. „ Vielen Dank" ruft Claudia dem Polizisten noch zu. Dann fahren sie mit Vollgas davon.
„ Hallo Tina. Hannes geht es gut. Ja sind unterwegs. Ja zu ihm. Nein in Falkenhain. Und sonst? Das ist gut. Bis dann." Beendet er das Gespräch mit Tina in der Depotzentrale. Mit überhöhter Geschwindigkeit rast Roger über die Straße. „ Da war er bestimmt in einem Krankenwagen, die an uns vorbei gefahren sind." Mutmaßt Roger. „ Bestimmt." Nickt Claudia mit feuchten Augen. Und wischt sich mit dem Tempotaschentuch die Tränen.
„ Zum Glück ist das Falkenhain nicht so weit entfernt. Liegt doch etwas außerhalb. Bei dem Tempo sind wir in zwanzig Minuten da." Könnte jetzt Roger vor Erleichterung fast pfeifen, so leicht ist ihm ums Herz. Nach achtzehn Minuten rasanter Fahrt hält der VW Passat vor der Notaufnahme des

Krankenhauses Falkenhain. Roger parkt gleich hinter einem Krankenwagen. Schnell steigen beide aus. Claudia rennt sofort los, so das Roger Schwierigkeiten hat Schritt zu halten. Drinnen blicken sich beide um, sie müssen sich erstmal orientieren. „ Hallo Schwester!" ruft Claudia hinter her. Die blickt sich freundlich um und bleibt stehen. „Wo liegt Hannes?" platzt es aus Claudia raus. „ Wer?" „ Entschuldigung, ich meine Herr Schuster. Der mit dem Krankenwagen kam." Die Krankenschwester zieht die Schulter hoch. „ Aber wenn sie die Patienten von dem Busüberfall meinen. Die sind alle auf Station Zwei oder in den OP gekommen." „Vielen Dank!" sagt Roger, weil Claudia schon wieder los rennt.

Claudia läuft aufgeregt den Gang in der Station Zwei entlang. Der Geruch von Desinfektionsmittel steigt ihr in die Nase. Das grelle Neonlicht, die ganze Atmosphäre im Krankenhaus war noch nie ihres. „ Hallo sie möchten zu wem?" wird sie in ihrem forschen Schritt unterbrochen. Roger ist auch schon hinter ihr. „ Zu Herr Schuster. Er ist von der Busentführung." „ Und sie sind wer?" möchte jetzt Schwester Eva wissen. „ Das ist die Lebensgefährtin und ich bin Herr Willner, sein Chef. So zusagen." „Wo ist denn nun Hannes?" wird Claudia ungeduldig.

„ Also ihrem Mann geht es gut, er wird gerade operiert." „ Was operiert? Was ist denn?" Die Schwester sieht sich hilfesuchend um. „ Wenn ich sie bitten dürfte." Weist sie mit der Hand zu einem Raum, wo an der Tür Aufenthaltsraum steht. „ Wenn sie hier ein Moment warten könnten. Es wird gleich jemand zu ihnen kommen. Der kann ihnen sicherlich mehr Auskunft geben." Verlässt Schwester Eva die Beiden. Drei runde Tische mit jeweils drei Stühlen stehen in diesen kleinen Raum, dass sehr gut vom Außen Licht durchflutet wird. In der hinteren Ecke steht eine große Cycuspalme und am Eingang ein Wasserspender. Roger bedient sich gleich. „ Hab ich ein Durst." Trinkt er den ersten Becher mit einem Zug aus, um gleich nochmal nach zufüllen. „Möchten sie auch?" „ Ja danke:" steht Claudia am Fenster und schaut in den herrlichen Spätsommertag im September. Roger zieht einen Stuhl nach hinten und setzt sich drauf. Claudia nippt nur an ihrem Wasser und läuft unruhig hin und her. „ Warum kommt den keiner?" hat sie ihren Blick auf ihre Uhr gerichtet. „Wenn sie immer auf die Uhr schauen, wird es auch nicht schneller vergehen." Wird auch Roger langsam nervös. Auch er blickt auf die Uhr, dreizehn Uhr einundzwanzig. Dann geht die Türe endlich auf. Ein Mann in grüner OP Kleidung

betritt den Raum. Roger springt sofort hoch. Claudia tupft sich mit dem Taschentuch die Augen trocken.
„ Einen schönen guten Tag. Entschuldigen sie, damit sie etwas länger warten mussten. Ich bin Doktor Freder, Neurochirurg und war bei der Operation bei Herrn Schuster mit anwesend. Ihr Mann hat einen Durchschuss im rechten Schulterblatt erlitten. Das Problem war nicht das Schulterblatt an sich, sondern die muskulären Verletzungen. Was sich dann doch nicht als so kritisch darstellte. Es gab keine markanten Knochen Absplitterungen. Er bekam eine Blutinfusion und jetzt wird noch der temporäre Wundkanal versorgt und vernäht. Dann können sie ihren Mann in einer Stunde im Aufwachraum besuchen. Das Loch im Schulterblatt wird sich von alleine wieder verwachsen." Sieht er die besorgten Gesichter. „ Auf mein Mann wurde geschossen?" konnte Claudia ihre Tränen nicht mehr halten. „ Es ist alles gut, Frau Schuster. Ihren Mann geht es gut. Wir sehen uns. Ich muss leider wieder. Die Schwester wird ihnen den Weg zum Aufwachraum dann zeigen. Einen angenehmen Tag noch." Verabschiedete der Doktor wieder.
Roger musste auch erstmal durchatmen.
„Komm wir gehen erstmal ein Kaffee

trinken!" nahm er Claudia in den Arm und suchte mit ihr zusammen die Cafeteria.

38. Kapitel

Der Polizei Mercedes Transporter fährt auf den Hof der Polizei. Dieser liegt auf einem Hinterhof, der jetzt nur im Schatten liegt. Es ist nur eine Betonplatte mit weißen Markierungsstreifen, durch welche die Parkplätze angezeigt werden.
„Ach hör doch auf, dass sieht doch aus wie im Knast:" kann sich Kevin die Bemerkung nicht verkneifen, als er nach oben blickt.
„So grau hier." Ist er enttäuscht.
„Wir werden sie jetzt mit einem zivilen Dienstwagen nach Hause fahren. Möchte noch jemand auf die Toilette?" frägt der Polizeibeamte als alle den Transporter verlassen haben. Dieser wendet gleich und fährt wieder leer vom Hof. Keiner antwortet ihm. „ Ich bin gleich wieder bei ihnen." Verschwindet er die zwei Stufen hoch, durch die Tür wo Polizeirevier drauf steht. „ Ach hör doch auf, bin ich müde jetzt." Reckt sich Kevin. Marie sieht auf die Uhr. Gleich zwei uhr siebenundzwanzig. „ Der soll sich bloß beeilen." Sagt sie. Dann kommen auch schon der ihnen bekannte Polizist und ein noch Jüngerer mit blaugrauen Anzug und dunkelblauer Krawatte. Was das jetzt werden soll denkt Phil. Die werden auch immer jünger. „Das ist Kommissar Anwärter Lukas Brehme. Er

wird sie an die hier angegebenen Adressen fahren. Wir sehen uns dann am Montag zur Protokollaussage. Sollten sie für den Arbeitgeber ein Nachweis oder eine Freistellung benötigen, werden sie diese von uns erhalten. Ich wünsche ihnen jetzt eine gute erholsame Heimfahrt." Ging er einfach wieder zurück ins Revier. „ Kommen sie. Zum Sharan." Folgten sie ihm zur Treppe, die aber runterführte.
„ Ach hör doch auf, wo denn nun hin? Ab in den Keller." Phil betrachtete Kevin beim Laufen von hinten. „Was machst du eigentlich im Berufsleben Kevin?" „ Ach hör doch auf, arbeiten ist doch ein Fremdwort." Grinst er. „Wirklich? Oder warum redest du so?" ist er jetzt bei Kevin neugierig geworden. „Warum willst du das wissen Lehrer? Ist doch völlig Banane warum, wieso und weshalb." Läuft Kevin jetzt schneller.
„Fuhrpark und Asservaten der Polizei." Erkennt Roland gleich den Nutzen dieser Tiefgarage. Karin sieht ihn bewundert an. „ Die Autos auf der Seite sind beschlagnahmte oder aus irgendwelchen Delikten sichergestellte. Es gibt immer regelmäßig eine Asservatenauktion, da wird es dann versteigert." „
Prima." Nickt Karin zustimmend. „ Was sie alles wissen:" dreht sich der Anwärter Brehme um. „ Dann nehmen wir jetzt auch

mal gleich so ein Auto." Bleibt er vor einem dunkelblauen VW Sharan stehen. „ Ach hör doch auf, doch nicht mit einer Verbrecherkarre." Will sich Kevin aufregen. „ Ist doch jetzt egal, Hauptsache weg hier." Ist Marie in Eile. „ Na dann einsteigen." Drückt er die Fernbedienung und die Blinker leuchten zweimal auf. Alle steigen rasch ein, Kevin setzt sich auf den Beifahrersitz. Der Motor springt sofort an. „ Der Fahrer hat geraucht. Darf ich auch?" greift Kevin schon in die Tasche. „Das lass mal." Meint freundlich der Anwärter und drückt die Fernbedienung für das Tor aus der Tiefgarage. Der Sharan rollt langsam die Auffahrt hoch und bleibt in der Einfahrt zur Bundesstraße stehen. Blinker an und dann fährt er zügig los.
„Und das Tor?" blickt Kevin nach hinten. „ Schließt alleine nach dreißig Sekunden nach passieren der Lichtschranke." Und Tatsache, von weiten kann Kevin noch das rote Blinklicht leuchten sehen. Welches warnt damit das Garagentor schließt.
Der Sharan hält zum ersten Mal, weil Phil aussteigt. „Möchte den Rest lieber laufen." Zwinkert er zum Abschied. Roland ist gleich mit ausgestiegen. Zum Abschied hat er Karin ihre Hand geküsst. Es war ihr nicht unangenehm. Leise sagte sie „Danke Roland."

Marie ist die nächste die aussteigt. Sie streichelt Karins Wange und drückt sie ganz innig.
Kevin rubbelt sie einmal durch das Haar. „Ach hör doch auf!" wirkt er verlegen und errötet leicht. Kevin springt als nächster raus, in einer Gegend wo lauter neue Häuser stehen. „Tschüss schöne Frau. Passen sie gut auf sich auf. Und fahren sie nicht mehr Bus." Karin muss lachen. „Wie sagst du immer?" versucht sie Kevin nach zumachen „Hör doch auf!" gibt sie ihm die Hand. „Die ist ja zierlich." Traut sich Kevin gar nicht richtig zudrücken. Dann geschieht was ganz unerwartetes für Kevin. Karin kommt nach vorne gebeugt und gibt ihm einen Kuss auf die Stirn. Dann streichelt sie ihm noch über die Beule am Kopf. „Hättest mit ins Krankenhaus fahren sollen. Pass gut auf dich auf Kevin." „Ist halb so schlimm." Macht er die Türe zu. Die letzte Station des VW Sharan ist die Villa von Samtwege. „Können sie bitte hier schon halten? Bittet sie den Anwärter Brehme. Dieser fährt rechts ran und hält schon zwei Straßen früher. Karin steigt aus. „Danke" sagt sie. Beim Laufen zieht sie den alten Anorak von Roland aus und drückt ihn sich an die Brust. Befreit atmet sie die frische Luft ein und freut sich schon auf

ihren Whirlpool mit einem Glas Champagner
oder auf eine ganze Flasche.

39. Kapitel

Marie rennt den Weg zu ihrer Wohnung. Sie blickt dabei auf die Uhr, was so spät schon denkt sie. Gleich ist es sechszehn Uhr. Mit hastigen und großen Schritten nimmt sie die Stufen bis zur dritten Etage. Sie kramt in ihrer Hosentasche. Ein Schreck fährt durch ihre Glieder. Der Schlüssel? Der Schlüssel ist in der Handtasche und die liegt im verdammten Bus. „Scheiße!" schreit sie und trampelt mit den Füssen auf den Fußboden rum „Scheiße, scheiße, scheiße!" Die Sachen aus dem Bus bekommen sie am Montag oder später. Erst muss der Tatort gesichert werden. Das hat der von der Polizei gemeint. „Scheiße!" holt sie das Smartphone aus der Gesäßtasche. Beim Blick auf das Display sieht sie sechs verpasste Anrufe und drei SMS. Viermal hat sie ihr Bruder Lars angerufen und zweimal Sören, dass alles innerhalb der letzten Stunde. Sie lässt auf den Treppenstufen nieder. Erst muss ich meinen Bruder anrufen denkt sie. Schnell drückt sie die Wahlwiederholung. Sie hört das Geräusch des Nummernablaufes, dann den Ton des Freizeichens. „Ja. Ich weiß. Nein sitze vor meiner Türe. Das wäre schön. Bis gleich." Drückt sie auf das rote

Telefonsymbol. Sie schiebt das Symbol mit den Briefkasten, um zu den SMS zu gelangen. Die von ihrem Bruder liest sie ohne diese auf zu machen – vierzehn Uhr dreiunddreißig: Wo bist du? Melde Dich L.- Anders ist es schon bei denen von Sören. Was mache ich nur mit ihm denkt sie. – fünfzehn Uhr fünf: Hallo Marie, leider muss ich mit ins Krankenhaus. Wurde geröntgt, Nase und Jochbein sind gebrochen. Muss eine Nacht hier bleiben. Besuchst du mich? Glaube ich liebe Dich. S.- Das auch noch. Liest sie die nächste Nachricht – fünfzehn Uhr sechsundvierzig. Marie wo bist Du? Der Chef sucht dich. Hat mich angerufen. Weiß nicht wo er meine Nummer her hat. Bestimmt von Erna. War schon bei dir zu Hause sagt er. Der war richtig angepisst. Pass auf. Besuch mich lieber. Liebst du mich? – Dreck, blickt sie sich um. Was will der Idiot von Chef von mir? Und Sören. Der kann nicht zwischen einem One Night Stand, wozu es doch gar nicht kam, und echter Liebe unterscheiden. Deshalb sollte man auch nie was mit einem Arbeitskollegen anfangen. Ach ist doch jetzt auch egal, schwirren ihr schon andere Dinge durch den Kopf. Nur der Chef lässt sich nicht aus den Gedanken vertreiben. Was war das? Unter rüttelt jemand an der Hauseingangstür. Wenn es nun der Chef ist. Hoffentlich klingelt er

nicht bei einem Nachbar. Sie hatte vorhin beim rein gehen Glück, der Mieter der über ihr wohnt, Gregor, kam gerade aus dem Haus. Schade damit der Typ am falschen Ufer fischt. Der hat so einen Knackarsch und ein Sixpack, was er im Sommer nicht versteckt hat. Jetzt kommen Schritte. Schnell springt sie auf und geht ganz leise bis zur nächsten Etage. Wieder riecht sie unter ihren Achseln. Wie ich das hasse, schwitzen. Denkt sie. Und dann Tatsache, der Herr Vogel. Völlig mitgenommen, die Haare zerzaust, klingelt er bei Marie an der Haustür Sturm. Und als wenn das nicht schon reichen würde, haut wie ein Verrückter mit der anderen Faust gegen die Tür. „ Mach auf du Flittchen! Ich weiß das du zu Hause bist!" brüllt er wie ein Bessernder. „ Mach auf Du! Ich lasse mir nicht von dir mein Leben kaputt machen!" schreit er und haut gegen die Tür.
Fast hätte Marie angefangen zu lachen. Was für ein Leben denkt. Der ist fertig der Herr Vogel. Aber dann auf einmal. Ihr Smartphone klingelt. „Puh" pustet sie durch. Ein Glück ist das auf Lautlos. Das Bild von ihrem Bruder erscheint im Display. Abwechselnd schaut sie auf das Display und dann zu ihrer Eingangstür, mit dem Chef davor. Aber wo ist er jetzt? Nervös macht sie sich ganz lang und beugt

sich über das Treppengeländer. Nichts zu sehen. Schnell nimmt sie das Gespräch an und flüstert „ Hallo ja, kann gerade nicht. Chef im Treppenflur. Hinterhof. Zwei Straßen weiter rechts rum. Ja genau. Bis gleich." Drückt sie auf das rote Telefonsymbol. Nichts wird es mit duschen denkt sie. Aber auch langsam kommt die Erschöpfung. Sie ist jetzt schon fast fünfunddreißig Stunden auf den Beinen, dass hatte sie sich alles ganz anders vorgestellt. Wäre ich mal doch auf die Toilette gegangen bei der Polizei, drückt jetzt die Blase. Dann geht unten die Tür. Marie lauscht ob sie wieder zufällt. Langsam geht sie Stufe für Stufe runter. Das ist das klicken, die Tür ist wieder ins Schloss gefallen. Schnell bewegt sie sich immer Stufe für Stufe nach unten. Keiner zu sehen, huscht sie an der Hauseingangstür vorbei in den Keller. Da stellt sie sich an die kühle Wand und atmet tief ein und aus. Was für ein Tag denkt sie.

40. Kapitel

Roger fährt mit seinem VW Passat auf das Betriebsgelände. Vor der Zentrale des Busdepots parkt er das Auto, neben seinem privaten metallicblauen Nissan Qashqai. Beim Aussteigen sieht er das Auto von Hannes, den schwarzen Opel Antara. Daneben das von Claudia, der Opel Corsa. Sie selbst wollte noch bei Hannes im Krankenhaus blieben. Der wirkte eigentlich schon wieder recht munter. Und versuchte schon zu scherzen. Als Roger gegangen ist, kamen gerade zwei Kriminalbeamte, um mit Hannes zu reden. Mit Roger meinten sie müssten sie auch noch heute reden. „Wo ist es ihnen am liebsten?" wollten sie wissen. „Im Busdepot." So könnte er wenigstens noch den Papierkram abarbeiten, auch am Samstag.   Als er die Türe zum Depot öffnet, kommt ihm schon der Duft vom frisch gebrühten Kaffee entgegen. Leise läuft im Hintergrund das Radio mit der Fußballbundesliga.
„ Na Theo gewinnt der BVB?" Theo winkt nur ab. „Möchtest du einen Kaffee Roger? Tina hat auch noch Kuchen da gelassen für dich." Schenkt Theo ihm eine Tasse Kaffee ein. „ Oh das tut gut." Lässt sich Roger in den Stuhl fallen. „ Nun erzähl mal. Was war da los? Wie geht es Hannes? Und der

Bus? Schrott!" „Gleich Theo." Nimmt Roger einen kräftigen Schluck vom Kaffee. „ Oh ist der gut." Atmet er erstmal durch. Dann stützt er seinen Kopf mit der Hand ab. „ Hannes geht es soweit gut. Durch die Schulter geschossen, die Nase ist gebrochen und der kleine Finger. Nichts was nicht wieder zusammen wachsen wird. Sonst sieht es schon bescheiden schön aus. Der Bus ist das kleinste Problem. Ein Fahrgast ist Tod, konnte jetzt noch keiner genau sagen ob er erschossen wurde oder anders. Eine Frau ist schwer verletzt, die liegt im Koma. Ein anderer hat Schädelhirntrauma, der wurde auch notoperiert. Soll sich irgendein Blutgerinnsel unter der Kopfdecke gebildet haben, wegen schweren Schlägen gegen den Kopf. Der soll aber angeblich nicht im Bus gesessen haben. Weiß ich nicht so richtig." Schüttelt Roger den Kopf. „ Das ist alles so schlimm." Trinkt er seinen Kaffee. „Und wo und wie sind die Verbrecher in den Bus gekommen?" will Theo wissen. „ Keine Ahnung!" reibt sich Roger mit der Hand die Stirn. „ Irgendwo vor Waldgarten. Entweder Blumenweg oder Stadtpark Falkenhain. Ich weiß es nicht." Theo sieht Roger mitleidig an. „ Und die Verbrecher? Das waren die Brüder, die hier schon mal jemanden ermordet haben? Was mit unsere Justiz bloß los ist, das soll einer verstehen. Wie können die denn ausbrechen?" wundert Theo vor sich hin. „Viel zu harmlos der Knast, denen wird da auch so viel Zucker in den Arsch geblasen. Solche Typen leben doch besser als unser eins." Kommt Theo jetzt richtig in Fahrt. „ Was die für Vergünstigungen haben. Und schon die Urteile, alle irgendwann mal in der Kindheit missbraucht. Die bekommen doch mehr Beachtung wie die Opfer. Lass mich doch mit so eine Welt in Frieden." Geht Theo an sein Schreibtisch und übernimmt den Telefonservice. Roger nickt und steht auf. Langsam läuft er in sein Büro. Er setzt sich hinter seinen Schreibtisch und schaltet den Rechner ein. Aber irgendwie ist er mit seinen Gedanken bei Hannes und was alles auf ihn zukommt.

41. Kapitel

Die Tür zum Hinterhof ist zum Glück nicht abgeschlossen. Marie tritt auf den Hof. Vorsichtig blickt sie sich um. Keiner zu sehen, nur die Mülltonnen und auf der Wäscheleine die Sachen von der im Erdgeschoss. So viel ich nicht enden, denkt sich Marie. Drei Kinder von drei verschiedenen Männer. Grausam, Marie schüttelt sich. Aber sie hätte trotzdem gerne letzte Nacht noch Sex gehabt. Sören wäre aus allen vieren aus Bett gekrabbelt, so hat es ihr gejuckt. Scheiß Bus, scheiß Idioten. Das habt ihr davon ihr Penner. Fickt euch. Flucht sie innerlich. Wo bleibt Lars nur? Beobachtet sie den gegenüberliegenden Hofeingang.
„Hallo Marie." Wird sie aus den Gedanken geholt. „ Ach Bea hallo na. Alles gut bei dir?" schaut sie wie Bea die Wäsche von der Leine nimmt. „ Nichts ist gut!" fängt Bea gleich an zu meckern. „Mario, du weißt der Vater von Brian, der Arsch zahlt schon seit zwei Monaten kein Unterhalt mehr. So ein Saufbeutel." Marie nickt nur. „ Brian ist das der Älteste?" beobachtet sie Bea, wie diese sich mit ihrer hautengen Tigerlegans gerade bückte. Dabei kann sie sogar Bea ihren String aufblitzen sehn. Die traut sich was, denkt Marie. Bei

solchen großen Hintern. Bea winkt ab, „Nein Brian ist der Mittlere. Steward ist der Älteste." „ Aha." „ Aber auch Sergej zahlt auch so unregelmäßig. Das Jugendamt kann da nichts machen. War schon ein paar Mal dort." Marie geht einige Schritte zum nächsten Hofausgang. Wo bleibt Lars nur, denkt sie. „ Sergej ist der Vater von Steward?" Bea schmeißt ihren Pullover in den Wäschekorb.   „ Quatsch von Steward der Vater ist Jason. Der einzige der ordentlich zahlt. Sergej ist der Vater von unserem Jüngsten Alwin." Nimmt sie das letzte Stück Wäsche von der Leine. „ Schaff dir bloß keine Kinder an. Ich sage dir, nur Arbeit. Aber zum Glück passt heute meine Mutter auf die Bälger auf. Gehe tanzen." Wackelt sie freudig mit der Hüfte.„ Habe da so einen süßen Typen in der Kaufhalle getroffen. Südländisch da steh ich ja so drauf. Also Marie man sieht sich. Solltest mal etwas schlafen. Siehst etwas grottig aus." Verschwindet Bea mit ihrer Wäsche. „ Die hat es nötig." Flüstert Marie leise. Und dann „Na endlich!" steht ihr Bruder da. Vor lauter Wiedersehensfreude fällt sie ihm gleich um den Hals und drückt ihn so fest. Die Tränen laufen ihr nur so runter. Die ganze Angst der letzten Nacht kommt aus ihr raus.

„Marie was ist denn los?" versucht sich Lars etwas aus der Umklammerung zu lösen. Widerwillig kommt Marie dem nach. „Was hast du denn? Ist was passiert?" sucht er in seiner Hosentasche nach einem Taschentuch. Welches er ihr hinhält. „Es ist sauber." Muss er seine Brille abnehmen. Marie wischt sich die Tränen und dann schnieft sie in das Taschentuch. „Hier willst wieder haben." Kann sie jetzt schon wieder schmunzeln. „Ich meine für deine Brille. Zum Putzen." Hält sie Lars das Taschentuch entgegen. „Na klar. Das glaube mal. Da nehme ich lieber mein Hemd." Haucht er seine Gläser an und reibt sie dann an seinem Hemd. „Du weißt schon damit es Kratzer geben kann." Lässt Marie noch einen klugen Spruch ab. Lars hält seine Brille gegen das Licht. „Bruderherz wir sollten uns beeilen und abhauen." Wird sie nun langsam unruhig. „Na los komm!" setzt er sich beim Laufen die Brille auf. Sie rennen durch die Toreinfahrt des gegenüberliegenden Hauses. Da hören sie jemanden rufen. „Bleib stehen du Flittchen! Bleib stehen!" brüllt Vogel über den Hof. „Renn Lars!" stößt sie die schwere Türe vom Ausgangstor auf. „Komm Lars!" „Wer ist denn das?" „Alles später. Wo steht dein Auto?" stolpert sie fast über einen Roller. Sie strauchelt, kann sich aber noch mal fangen, weil sie mit den Kopf gegen Lars seinen Oberschenkel stößt. „Was ist das für ein Scheiß!" tritt sie mit voller Wucht gegen den Roller. So das er ein ganzes Stück in Richtung Tor fliegt.   „ Komm jetzt Marie!" ruft Lars und öffnet schon seinen Peugeot 206. Marie zieht die Türe gerade zu, da sieht sie Vogel durch das Tor kommen. Aufgeregt blickt er in alle Richtungen. „ Runter Marie!" Sie bückt sich sofort.   „ Es ist zu spät." Startet Lars das Auto. Schnell legt er den Gang ein und zieht vor Vogel das Auto rum auf die Straße. So das dieser noch etwas zur Seite springen muss. Mit der flachen Hand schlägt er noch auf den Kofferraum. „Du Schlampe dich kriege ich noch!" läuft er noch ein Stück hinterher. Dann dreht er ab und rennt wieder durch das Tor zurück. „Was ist bloß heute los Marie? Erst kommst du nicht nach Hause. Dann hast du keinen Wohnungsschlüssel. Wollten wir nicht so wenig auffallen wie es geht. Und das gerade auf deiner Arbeit!" Marie muss schon wieder weinen. „ Was ist denn nun schon wieder? Rede doch mal mit mir." Ist Lars besorgt. „ Ach das ist so ein blöder Tag und die Nacht erst." Schluckst sie und zieht die Nase hoch. „ Erzähle doch mal. Was ist los?" konzentriert sich Lars beim Reden auf den Verkehr. „Gestern auf Arbeit." Beginnt Marie stockend, sie muss

sich immer wieder die Nase hochziehen. „ Im Handschuhfach sind Tempotaschentücher." Kann Lars das nicht mit anhören. Marie öffnet es und nimmt sich eins raus. „ Habe gestern Abend…. Man ich war in dem scheiß Bus, der entführt wurde. Bis heute Mittag. Bin seit fast sechsunddreißig Stunden wach und fühle mich beschissen." Kommen ihr schon wieder die Tränen.   „ Was du spinnst! Das kann doch nicht wahr sein." Fährt Lars rechts ran und hält einfach an. Er schnallt sich ab und nimmt Marie in seine Arme. „ Das habe ich nur im Radio gehört. Waren das die Verbrecher, die ausgebrochen sind? Die haben den Bus entführt? Den Bus in dem du saßest? Das gibt es doch nicht!" Marie versucht sich aus der Umklammerung zu lösen. Sie tupft sich über das Gesicht. „ Ja und waschen konnte ich mich auch nicht. Du weißt wie ekelig ich das finde." Könnte sie jetzt schon wieder fast lächeln. „ Das ist deine einzige Sorge. Mensch Marie!" Lars sieht seine kleine Schwester von der Seite an. „ Geht es dir gut? Was sollen wir jetzt machen?" schauen beide eine Weile stumm aus dem Auto.
„Sie haben die Verbrecher einfach erschossen. Das war wie im Film. Ich hatte solche Angst. Wir hatten alle Angst. Auf den Busfahrer haben die Verbrecher auch geschossen. Es war so schrecklich. Du

musst dir vorstellen, die Perversen. Der Eine war ein ganz großes Schwein, der wollte immer jeden..." laufen wieder die Tränen. „Der wollte immer jeder Frau an die Wäsche. Und ich glaube..." wischt sie sich die Tränen ab. „und ich glaube der hat die ältere Frau vergewaltigt." Weint sie jetzt. Lars ist so schockiert. Tröstend nimmt er Marie in die Arme. Sie legt ihren Kopf an seine Brust. Nur ihr leises schniefen bricht die Stille im Auto.

42.Kapitel

Langsam zieht die Dunkelheit in den Wald. Wie lang ist den der Weg noch. Die Füße brennen ihm schon und er hat solchen Durst. Hätte ich doch bloß ein Handy, wünscht er sich. Oder wäre ich bloß auf den Weg gesprungen, als die Polizeiautos vorbei kamen. Aber dann hätte ich das ganze Geld wieder zurückgeben müssen. Gut Tausend Tacken denkt er beim Laufen. Die Kälte oder ist es die Müdigkeit, die ihn zittern lässt. Wenn nicht bald die Straße kommt, lege ich mich einfach in den Wald. Doch dann ist die Bundesstraße da, endlich spürt er Asphalt unter seinen Füssen. Wie spät wird es wohl sein. Er hält den Daumen raus. Ein Auto fährt vorbei. Nein es fährt rechts ran. Daniel rennt schnell hin, als die Türe auf geht. „ Wo willst du hin?" frägt der Mann ihn. Daniel betrachtet ihn etwas misstrauisch. „Wenn es geht bis Falkenhain?" Der Fahrer nickt „ Spring rein!" Mit etwas Unbehagen und mulmigen Gefühl setzt er sich in das Auto. „Was treibt dich hier raus?" versucht der Fahrer mit Daniel ein Gespräch anzufangen. Dabei steckt er sich eine Zigarette an. „ Könnte ich auch eine bekommen?" sieht Daniel neidisch zu ihm rüber. „ Hier na klar." Hält er ihm die Schachtel hin.

Daniel greift mit seinen Fingern zu und zieht sich eine Zigarette raus. Schnell steckt er sie sich in den Mund und zündet diese mit dem Feuerzeug, was in der Konsole lag an. Tief nimmt er einen ersten Zug. Genüsslich bläst er den Qualm nach unten. Die erste Zigarette seit gestern Abend. „Und was wolltest du da draußen?" frägt er Daniel erneut. „Das ist eine lange Geschichte." Verstummt Daniel wieder. „Haben sie was von einem Bus gehört?" frägt er dann den Autofahrer. „Meinst du den Bus, der entführt wurde? Das war doch da oder? Sag nicht du gehörst zu den Entführern." Sah er jetzt Daniel schief an. „Um Himmels Willen nein." Hebt Daniel beide Hände abwehrend hoch. „Ich war in dem Bus. Bin aber abgehauen." „Hm." nickt der Fahrer
„Soll eine ganz schöne Sauerei gewesen sein. Spezialeinsatzkommando und so. Das volle Programm. Was war denn da los?" Daniel hebt nur die Schulter „Keine Ahnung. Muss alles passiert sein wo ich weg war." Drückt Daniel seine Zigarette im Aschenbecher aus. „Aber die Kippe aus dem Fenster!" fordert der Fahrer ihn auf. „Sonst stinkt das so." „Ja klar." Sagt Daniel und öffnet das Fenster einen Spalt. Irgendwie ist er auch zu müde, um weitere Fragen zu hören. Schon gar nicht will er noch antworten. „Glaube

du warst gar nicht in dem Bus." Klingt ein wenig Verachtung mit. „ Du willst dich bloß wichtig tun." Daniel hätte große Lust ihm die Meinung zu geigen. „ Aber wenn ich es doch sage. Zwei Typen kamen mit einer Pistole. Die ganze Nacht waren wir in dem Bus." Daniel konnte jetzt schon die Straßenbeleuchtung sehen. Endlich dachte er. „ Wie spät ist es denn überhaupt?" „ Warum musst du beim Sandmann zu Hause sein?" gab ihm der Fahrer jetzt eine blöde Antwort. „ Können sie bitte rechts ranfahren. Ich möchte aussteigen." Der Fahrer sah kurz rüber zu ihm. „ Haste Angst oder was? Ich tue dir schon nichts. Sind bloß noch fünf Minuten bis Falkenhain." Schüttelte er den Kopf. Daniel legte schon die eine Hand auf den Gurtverschluss. Er spürte förmlich wie seine Handfläche feucht vor Schweiß wurde. Den haue ich einfach eine aufs Maul, dachte er. Der soll mich mal anfassen. Aber nach fünf Minuten, in denen beide geschwiegen haben. Fuhr das Auto rechts ran.

„Danke für das mitnehmen." „ Kein Ding. Ach so jetzt ist es zwanzig Uhr zwölf." Danke noch mal." Konnte David noch sagen, dann war das Auto schon wieder im Verkehrsfluss verschwunden. Daniel war kalt, er taste seine Hose ab. Glück durch strömten ihn, in der Gesäßtasche war das

schöne Geld. Die Handtasche hat er einfach in den Wald geschmissen. Keiner hatte ihn für voll genommen. Standen alle bei der alten Oma vorne. Kevin hatte Recht, aber damit es so viel Geld ist. Er ist einfach los gerannt, nur weg von dem Perversen Dreckschwein. Noch mal betastet er seine Gesäßtasche. Erstmal zum Discounter Schnaps holen und dann nach Hause. Wo so wieso keiner wartet.
Seit sein Vater vor fast sieben Jahren an Krebs gestorben ist, ging es zu Hause Berg ab. Mutter fing an zu trinken, hat sich nicht mehr um seine kleine Schwester gekümmert. Bis das Jugendamt sie wegnahm. Da war sie erst vier Jahre und er fünfzehn. Solange ist das schon her? Solange ist sie schon im Heim. Natürlich mit einigen Besuchen zu Hause, um zu probieren, ob sie wieder zu Hause wohnen kann. Er war gerade in der Neunten Klasse auf dem Gymnasium. Aber alles war zu schwierig. Nach der Zehnten ist er von der Schule gegangen, ohne Abitur. Dafür hat er eine Lehre als Gas- und Heizungsmonteur begonnen. Die aber im zweiten Lehrjahr abgebrochen. Hat alles kein Spaß gemacht. Dann brachte Mutter Rudi mit nach Hause. Der ist schon Frührentner. Endlich hatte sie einen der das Trinken bezahlt. Der ist nie eingezogen, wegen der Kürzung der Stütze, aber wohnen tut er doch bei uns.

Mutter sagt immer, das ist mein Geldautomat. Darüber freut der sich. Kein Wunder damit der Frührente hat. Das stört ihm auch nicht, damit Mutter mit andere Kerle rum macht. Sogar wenn er bei ist. Die merken doch nichts, denkt Daniel. Beim durchstöbern im Discounter entdeckt David in der verschlossenen Vitrine ein neues Smartphone. Was solls meins ist ja weg. Mit seinen zwei Flaschen Whisky geht er an die Kasse. „ achtundzwanzig Euro achtundneunzig." Sagt der Kassierer. „ Nö ich hätte noch das Smartphone dahinten." Der glotzt ihn an als wenn es donnert. „ Das kostet aber zweihundertfünfundvierzig Euro." „ Und nun? Hol her das Teil!" zieht Daniel das Geld aus der Tasche. Jetzt grient der Kassierer. „ Kleinen Moment." Nimmt er das Telefon und sagt seinen Kollegen Bescheid, damit dieser eins zur Kasse bringt. „Noch ein Prepaidkarte?" „ Logo für dreißig Euro!" „So ist richtig Junge." Freut sich der Kassierer. Daniel freut sich auch.

43. Kapitel

Es wurde langsam kühl im Auto. Zu lange stehen sie nun schon am Straßenrand. Lars hat in der Zeit schon Kaffee und Hamburger von einer Fastfood Kette geholt. Marie ist eingeschlafen, nachdem sie ihren warmen Kaffee getrunken hat. Er startet den Motor, dreht die Heizung hoch und macht das Licht an. Mittlerweile ist es einundzwanzig Uhr zweiunddreißig in der Uhr im Display. Blau leuchten die Ziffern. Eigentlich wollten sie schon im Flieger sitzen, beide fort aus Deutschland. Doch jetzt, hat diese Entführung alles über den Haufen geworfen. Nun muss ein neuer Plan her, denkt Lars. Aber er wäre nicht Lars, der Nerd, der Computerfreak. Keiner wird auch nur eine Spur finden im Netz, die mit ihm oder seiner Schwester in Verbindung steht. Dabei ist das aus einer Partylaune entstanden. Marie sagte leicht angeschwippst, damit sie jetzt Geldcodes hätte. Das keiner damit Geld entwenden könnte. Sicherer als Online Banking meinte sie etwas schnippisch. Daraus ist dann zwischen ihnen erst eine Wette entstanden, vor circa zwei Jahren. Was er natürlich als Herausforderung ansah. Er der IT-Spezialist, der Studienjahrgangsbeste. Für ihn sind Computer, die visuelle Welt im

Netz sein Leben. Sich in Computer hacken, ist wie ein Sport für ihn. Er brauchte Marie nur eine E-Mail schicken, hat gerade gepasst mit dem Geburtstag von Mama. Ein Bild was sich Marie anschauen sollte. Schon war er in dem Computersystem. Ganz unbemerkt. Nun war es ganz einfach, immer wenn dort ein Pincode verwendet wurde, um Geld zu transferieren. Da war es egal, ob da zwei Leute auf die Zahl schauen oder hundert. Sie sahen immer nur das was sie eingaben, aber jedes Mal nahmen sie ein Geldpaket für ihm mit. Das Geld zweigte er auch nicht von dem laufenden Konto ab, nein vom Feststehenden. Der erste Versuch waren nur zehn Euro als Test, aus einem Internetcafé. Heute ist das schon dicht. So ist er mutiger geworden, ihm wurden alle Geldüberweisungen auf sein Smartphone angezeigt. Es gibt immer ein gewisses Zeitfenster für jeden Transfer, was ihm die Zeit brachte sich immer wo anders ein zu loggen und das Paket zu verschicken. Das hat er dann versucht Marie zu erklären. Damit es so wäre, als würde jemand ein Jahr lang aus einem zehntausender Wasserbehälter, elf Liter raus nehmen, anstatt der aufgeschriebenen zehn Liter. So hat er über die eineinhalb Jahre die stattliche Summe von einemillionachthundertzehn Euro abgezweigt. Das letzte halbe Jahr hat er

nichts mehr gemacht, als die Spuren zu seinen Konto zu verwischen. Dieses hat er so oft auf andere Konten gesplittet, auch ins Ausland. So war er dieses Jahr in Italien in Urlaub und hat auf den Rückweg in Kroatien das letzte Konto aufgelöst. Das war im März. Marie wollte es nicht glauben, als er die Tasche mit dem Geld auf den Tisch stellte. Sie war schockiert. Es brauchte schon Überredungskunst, um sie von der Chance, was man alles mit dem vielen Geld machen kann, zu überzeugen. So wollten sie heute aufbrechen. Aber jetzt müssen sie aber um planen. Auch das geht, Marie kann jetzt nicht verschwinden. Würde gleich gesucht werden, wenn sie am Montag nicht zur Aussage kommt. Also schön arbeiten gehen, Marie muss den Herrn Vogel Anzeigen wegen Beleidigung. Schon weil er noch bis in das Privatleben gestört hat. Dafür hat sie schon den Sören im Krankenhaus angerufen, er ist der Zeuge. Der muss Marie doch aus der Hand fressen, glaubt Lars. Das hat er sogar durch das Telefon gehört, das Hecheln und Sabbern. Lars muss jetzt noch schmunzeln.
Und er? Geht einfach wieder in seine Firma, nach einem schönen Wochenende. Eigentlich findet er den Plan auch viel besser. Da geht noch was. Muss er schmunzeln. Marie atmet leise neben ihm.

Er legt einen Gang ein und fährt los in die dunkle Nacht.

44. Fast ein Jahr Später

Strahlender Sonnenschein und ein wolkenloser blauer Himmel. Es ist Ende Juni und der Sommer zeigt sich von seiner besten Seite. Die Sonnenblumenfelder auf beiden Seiten des Feldweges, stellen für jeden ein herrliches Porträt zum Malen oder fotografieren da. Langsam wiegen ihre großen gelben Köpfe ganz sachte im Wind hin und her. Ein gelbes Meer was Phil so gerne genießt. Tief atmet er die warme saubere Luft ein. Die Ruhe, kein Stadtlärm. Der dunkle Kiefernwald, der dunkel seine Geheimnisse und seine Tierwelt versteckt. Obwohl der frische kräftige Geruch der Tannen, so angenehm auf Phil wirkt. Nichts erinnert mehr an den Spätseptembertag im letzten Jahr. Äußerlich sind alle Spuren beseitigt. Phil schaut auf den Feldweg entlang, bis ungefähr zu der Stelle wo die Brüder erschossen wurden. Keine fünfhundert Meter von seiner Toreinfahrt entfernt. Irgendwie kam ihm das alles viel weiter vor an dem Tag. Auch die Wahrnehmung der gefühlten Zeit, es war endlos. Als würde die Uhr stehen bleiben. Dabei waren es kein fünf Minuten, die gereicht haben, um zwei

Menschen zu töten. Ob sie es nun verdient oder nicht verdient haben. Das Sterben sollte nie eine Option sein, dass hat er in Taiwan von seinem Meister Woo gelernt. Froh war er nur, dass sich dieses Drama mit dem Finale nicht in dem Haus abgespielt hat. Es hat schon gereicht, dass er den Fußboden aus den einem Zimmer erneuert hat. Die Blutflecken waren nie eine Option gewesen. Wie auch allgemein das Erdgeschoss total umgebaut wurde. Der Durchbruch von der Küche, wo er neben Busfahrer Hannes auf der Kiste saß, zum Wohnzimmer. Das große helle Badezimmer, das Alte war viel zu klein mit dem kleinem Loch als Fenster. Welches von den Businsassen nicht geöffnet werden konnte, zugenagelt mit vier starken langen Nägeln. Jetzt hat es ein schönes großes Fenster und ist doppelt so groß. Dafür wurde die Wand zum anliegenden Zimmer verschoben. Das war das schwierigste Bauprojekt im Erdgeschoß, weil es eine tragende Wand war. Leo und Björn haben ganz schön geschwitzt. Seine Freunde aus der Schulzeit. Björn der das Haus vermittelt hat, ist Allgemeinmediziner und Leo dem eine Dachdecker Firma gehört. Hat auch noch für einen Freundschaftspreis das Dach neu machen lassen. Seine Jungs haben in einer Woche alles durchgezogen. Ohne sie hätte er es nicht gestemmt und auch nicht

ohne die anderen Helfer, die er nun erwartet.
Chen schleicht sich langsam von hinten an ihm ran. Sie legt ihre beiden Arme auf seine rechte Schulter. „ Na Schatz." Küsst sie ihm am Nacken. „ Bist du zufrieden?" schauen ihn die dunklen Augen seiner lieben Chen an.   „ Zufrieden? Ich bin glücklich! So glücklich!" hebt er sie hoch und dreht sich mit ihr. „ Langsam, langsam!" lacht sie dabei. „ Du machst uns ja schwindelig." Phil stellt sie wieder auf den Erdboden. „ Ich werde davon nicht schwindelig. Nur du mein Schatz." Streichelt er zart ihre Wange. „ Nein uns. Habe ich gesagt." Widerspricht sie ihm. Fragend blickt Phil sie an. „ Was? Wie? Nein oder?" bekommt Phil feuchte Augen. „ Doch" nickt Chen und lächelt ihn an. „ Wir bekommen ein Kind? Du bist ...?"   „ Ja, ja, ja!" ruft sie lachend. Phil hebt sie gleich wieder hoch. „ Oh entschuldige." Lässt er Chen an sich runtergleiten, um dann ihren Mund mit voller Leidenschaft zu küssen.
Autohupen mischt sich in ihre Leidenschaft. Gleichzeitig blicken beide in Richtung Feldweg.
Ein schwarzer Opel nähert sich dem Haus. Phil hebt schon winkend die Hand. Er weiß wer jetzt kommt. Der Busfahrer, der Hannes

mit seiner Frau. Sicher bringen sie Roland und Kevin mit.

45. Kapitel

Es hat sie dieses dramatische Ereignis zu guten Freunden werden lassen. Als er an dem Montag um acht Uhr zwei auf die Polizeiwache kam, saß Kevin schon auf dem Gang.
„Ach hör auf der Lehrer." Fing Kevin gleich an zu erzählen. „ Wie geht es denn so?" Phil setzt sich ganz ruhig neben ihn „ Gut Kevin. Und selbst?" „ Ach hör doch auf. War Samstag noch in der Notaufnahme. Mächtiger Kopfschmerz und Übelkeit. Mein Stiefvater war sauer, extra noch los mit mir. Nutzloser Hund. Hat er gesagt zu mir. Ist egal. Weißt ich wohne doch in der Garage, hat er mir vermietet." „ Denke du hast oder ihr habt ein neues Haus?" ist Phil jetzt stutzig. „ Die haben ein Haus, Mutter und mein Stiefvater mit seinen beiden Mädchen. Ich wohne in Garage. Schön können sie absetzten von der Steuer. Bezahlt doch das Amt an ihm, ich meine die Miete und so. Ach hör doch auf." Wird Kevin unterbrochen. Ein klackendes Geräusch nähert sich ihnen. „ Hallo!" und eine herrlich betörender Duft begrüßt sie. „ Hallo!" springt Kevin gleich auf und reicht Karin die Hand. Phil betrachtet sie nachdem er ihr die Hand gegeben hat. Ihre braunen Haare hat sie Hochgesteckt, nur leicht Geschminkt trägt sie heute eine

Jeans und sieht umwerfend aus. Findet Phil, aber auch Kevin ist begeistert und frisst sie mit seinen Blicken auf. Nach einer Weile des schweigen kommt Roland den Gang entlang. Er sieht müde aus und auch so wirkt er anders, als noch beim Abschied am Samstag. Phil steht sofort auf.
„Roland, alles gut bei dir? Setz dich mal hin hier:" drückt er Roland auf den Stuhl. Dabei berührt er aus Versehen dessen Stirn. „ Du glühst ja!" „ Ach Quatsch das ist nichts." Wiegelt Roland ab. Karin schaut gleich ganz besorgt rüber zu Roland. Phil läuft sofort los, um jemanden zu holen.
Als letzte kommt Marie, ihre blonden langen Haare hat sie zu einem Zopf gebunden. Mit Jeans und Turnschuhen wirkt sie so sportlich. Beim Hallo sagen, drückt sie Karin und lächelt über das ganze Gesicht. Kevin streicht sie über den Kopf. Ihr Parfüm bleibt beim ihm in der Luft stehen. Dann schaut auch sie besorgt auf Roland. Phil kommt in dem Augenblick mit dem Polizeibeamten von Samstag zurück. Der begrüßte sie alle freundlich. „Können sie mir bitte folgen." Weißt er mit der Hand in den Raum mit der Nummer zweiundzwanzig. Phil und Kevin bleiben dicht hinter Roland. Karin möchte diese unangenehme Sache schnell hinter sich bringen und folgt den Polizeibeamten zügig. Marie

schließt als letzte die Tür hinter sich. Dann ist sie überrascht, dass sie ein Großraumbüro sieht, mit vier separaten abgetrennten kleinen Arbeitsnischen. Der Polizeibeamte weißt jeden einen Kollegen zu. Nur Marie bittet er in den nächst gelegenen Raum. Etwas nervös und mit Unbehagen folgt sie ihm. Karin nickt ihr aufmunternd zu, bevor sie selbst in der Nische verschwindet.
Marie ihre Angst weicht aber bei den ersten Worten des Polizeibeamten. Kein Wort vom Verschwinden des Geldes der Firma. Nichts von Herrn Vogel. Nur über den Ablauf mit der Busentführung soll sie erzählen. Alles was ihr einfällt. Bis zur Befreiung durch die Polizei. Sie erzählt von der Fahrt durch den Wald, von der Gewalt des einen Verbrechers. Damit sie dann erst auf dem Dachboden eingesperrt waren, um später in einer alten Badestube eingeschlossen zu werden. Wie die alte Frau im Bus im bleiben wollte. Weil doch ihr Mann einfach verstorben ist. Das sie dann auf einmal alleine im Haus waren. Von Schlegel den sie noch nie vorher gesehen hat und von Phil der die Türe zur Toilette geöffnet hatte. Von der großen Angst die sie alle hatten. Beim Aufzählen der Passagiere die im Bus waren, erwähnte sie auch David. „Wo ist er?" wollte der Beamte wissen. „Keine Ahnung" zog sie die

Schultern hoch. Dann hat sie ihre Aussage unterschrieben. Als der Polizeibeamte wieder raus begleiten wollte. Hielt sie kurz inne und fragte dann „ Kann ich bei ihnen eine Anzeige machen?" „Worum geht es dabei?" „ Beleidigung vom Arbeitgeber." „Bitte." Zeigte der Beamte auf den Stuhl. „Machen wir hier, werde ich dann weiter leiten:" sollte sie sich wieder auf den Stuhl setzten.
Nach zwei Stunden trafen sich alle wieder im Gang. Sie sollten noch etwas warten. Phil griff zu seinem Handy und suchte in seinem Telefonverzeichnis. Dann drückte er kurz auf wählen und nach einer Weile. „ Hallo mein Freund. Wie geht es dir. Ja alles gut. Warum ich anrufe. Brauche dich mal. Ja natürlich. Wo? Kenne ich. In einer Stunde? Super Björn. Danke bis gleich." Beendete er das Gespräch. Kurz darauf erschien der Polizeibeamte wieder. „ Sie können gleich gehen. Ihre Aussagen sind Deckungsgleich und identisch. Nur wir müssten noch wissen ob jemand weiß wo dieser Daniel wohnt." Alle blicken gleich auf Kevin. „Ach hör doch auf." Ist ihm das peinlich. „ Ich weiß nicht wie er mit Hinter Name heißt. Nur das er irgendwo beim Falkenhain in den Blöcken wohnt." „ Sehr hilfreich Kevin. Denke ihr seid Kumpels:" will Marie ihm einen Vorwurf machen. „ Na gut." Sagt der Beamte. „

Falls sie ihn treffen. Er soll sich mal hier melden. Dann noch was anderes." Was nun noch denkt Marie. Schauen alle gespannt auf den Beamten. „ Wir haben ihre Taschen und persönliche Sachen aus dem Bus sichergestellt Wenn sie beim Rausgehen, in das Zimmer vierzehn gehen würden. Kurz quittieren und dann sind sie fertig." „Na dann Aufwiedersehen." Sagt Phil und dreht sich zu Roland. „ Du kommst mit mir!" zeigt er auf ihn. „Keine Widerrede:" Die beiden Frauen laufen zügig zu dem genannten Raum. Marie ist froh das ihre Tasche mit dem Wohnungsschlüssel wieder in ihren Händen ist. Für Karin war keine Tasche dabei. Ohne ein Wort zu sagen nahm sie das zur Kenntnis. Kevin wurde rot dabei, so schämte er sich. Er wusste wer die Tasche mit dem Geld hat. Gemeinsam verließen alle das Polizeirevier. Marie verabschiedete sich von allen.   „ Hoffe wir fahren nicht nochmal in so einem Bus." Drückte sie Karin. „ Komm her!" zog sie zum Abschied auch Kevin an sich ran. Phil und Roland gab sie die Hand. Dann rannte sie schnell zum Parkplatz.
„So Roland wir fahren jetzt zum Arzt. Komm!" bestimmte Phil einfach. Als er zu Karin und Kevin blickte, sah er die staunenden Gesichter. „Mein Freund ist Arzt." Löste Phil die unausgesprochenen Fragen auf. „ Okay. Darf ich sie

begleiten?" wollte Karin wissen.
„Natürlich, wenn sie möchten. Aber ein Gefallen tun sie mir. Ich heiße Phil."
„ Logisch. Karin." Musste sie lächeln.
„Ach hör doch auf, dass habe ich gewusst. Ich muss wieder Bus fahren."
„ Kannst auch mitkommen Kevin:" lud ihn Phil auch ein.

46. Kapitel

Der Grill lässt einen angenehmen Duft durch die Luft tragen. Die Holzkohle ist schon gut durchgeglüht, dass die Steaks auch schön langsam gegrillt werden. Saftig verbreiten sie ihr verführerisches Aroma weit über den Garten.
„Ach hör doch auf." Ist Kevin nicht zu überhören beim Erzählen. Mit dem Bier in der Hand steht er bei Leo. „ Ach hör doch auf, wenn Phil und sie nicht wären. Vielen Dank." Phil muss hinterm Grill lachen. „ Leo nun gib ihm doch hier auf dem Garten schon das du." Leo schüttelt den Kopf. „ Spinnst du, ich bin sein Chef." stößt er mit Phil mit einem Bier an. Dabei muss er so lachen. „ Ach hör doch auf, ist doch alles gut so." will Kevin nicht damit über ihn geredet wird. „ Halt mal." drückt Leo Kevin seine Bierflasche in die Hand. Dann nimmt er Kevin seinen Kopf in beide Hände und drückt ihm einen Kuss auf die Stirn. „ Leo!"
„ Ach hör doch auf." Kommen Kevin fast die Tränen. „ Phil hatte Recht, in dir steckt ein guter Junge. Prost." Nimmt Leo wieder sein Bier zurück.
„Soll ich dich mal ablösen Phil?" bittet Hannes seine Hilfe an. Phil blickt hoch.

Und sieht wieder einen großen stattlichen Mann mit dunklen Haaren. Nichts mehr zu sehen von der Gesichtsfraktur, als er im Krankenhausbett lag. „Nur kurz." „Keine Angst ich esse nicht alle." Phil sieht sich kurz um, wo ist seine Chen. Als er sie erspäht winkt er sie zu sich. Als sie kommt drückt er sie und küsst sie. Er hält sich die Hand vor den Mund und räuspert sich.
„Meine lieben Gäste, meine Freunde." Zieht er jetzt die Aufmerksamkeit aller auf sich. Roland macht die Musik aus, so dass jetzt nur noch Phil zu hören ist.
„Möchte euch nicht lange langweilen mit vielen Worten. Nachher sagt Kevin, ach hör doch auf Lehrer." Vereinzeltes Gelächter wird laut. „Nein Kevin alles gut. Wir stehen heute hier. Weil ich im letzten Herbst dieses Haus gekauft habe. Ja von ihnen Herr Schlegel, ach nein Uwe. Das dieses Haus so eine Vergangenheit hatte und dann noch zu einem neuem Tatort wurde. Das konnte ich nicht wissen. Was so brutal und dramatisch begann, hatte es doch auch einen positiven Effekt. Ich lernte viele neue Menschen, die teilweise zu guten Freunden wurden kennen. Auch weil Angst zusammen schweißt.
Wir stehen heute hier in dem Garten den meine Frau angelegt hat, als wir zusammen dieses Haus wieder eine neue Seele gaben.

Wir mit viel Arbeit und Schweiß jede freie Minute in dieses Projekt steckten. Freunde die auch kaum Zeit hatten, aber trotzdem uns immer zu Seite standen. Danke sage ich dafür, danke Leo und Björn. Vor allem euren Frauen, damit sie euch ziehen ließen. Der Dank gilt auch neuen Freunden, die hier mit angepackt haben und sich dabei selbst wiedergefunden haben. Aber das größte Geschenk habe ich aber erst heute bekommen." Drückt er jetzt Chen an sich ran.   „ Wir bekommen ein Baby!" Nun ist das Gemurmel laut, jetzt stürmten alle auf Chen zu. „ Glückwunsch!" und „ Oh ist das schön!" ist zu hören. Nur Phil konnte das leise „Danke!" von Roland hören. „ Nicht dafür Roland. Das hast du alleine geschaft." Roland schüttelt den Kopf. „ Ohne deine Hilfe, ohne eure Hilfe hätte ich es nicht geschafft. Hättest du mich nicht zu den Doc da:" zeigt er mit den Kopf in Björn seine Richtung. „ Gebracht und mich dann bei dir zu Hause aufgenommen. Schade damit Karin nicht gekommen ist, weil auch sie eine Weile beteiligt war. Leider sind wir zu verschieden." Ist er einen kurzen Moment traurig. „ So ist das, aber nicht weiter schlimm. Ich trinke nicht mehr. Habe einen neuen Job und sogar eine Wohnung. Wenn ich auch mit Kevin zusammen wohne. Ich habe euch viel zu verdanken." Zeigt er jetzt

den Daumen hoch in Hannes seinen Blick. „Ohne den Großen da, wäre ich nie dort gelandet. Mit der Umschulung zum Busfahrer." Wird Roland jetzt wehmütig. „Ach hör doch auf Roland. Trinke mal lieber noch ein Wasser." Haut Kevin Roland auf die Schulter.   „ Wir beide machen das schon mein Freund." Ist Kevin freudig. „Soll ich dir mal was sagen Roland." Beugt er sich jetzt an Roland sein Ohr und flüstert. „ Als wir an dem Abend aus dem Späti gerannt sind, hatten wir doch den Whisky geklaut. Das Geld habe ich schon anonym per Post zurückgegeben. Gut was." „Sehr gut."„ David habe ich seit dem Tag im Bus nicht mehr gesehen. Weiß nicht was mit dem ist." Mischt sich Kevin wieder unter die Leute.
Von den anderen Insassen der Busentführung war Sören nur kurz anwesend. Über Marie wusste er nichts groß zu erzählen. Nur das sie gekündigt hat, aber schon im Februar. Er konnte nicht lange bleiben. Ist nach der Entlassung des alten Chefs Herrn Vogel zum Vizeabteilungsleiter geworden. Nach dem Essen verabschiedete sich auch Schlegel. Seinen BMW fährt er immer noch. Er musste lange um sein Geld zittern, was die Polizei beschlagnahmt hatte. Irgendwie hat er dann doch eine vernünftige Rechnung für die große Geldsumme vorweisen können. Von Berta hat

man nach der Krankenhausentlassung nichts mehr gehört. Sie blockte jeden Kontakt oder Hilfe ab. Ihr Mann Heinz ist an akutem Herzversagen verstorben. Die Kriminaltechniker untersuchten auch eine Schusswunde in die rechte Brust bei Heinz. Aber da wurde rekonstruktiv festgestellt, dass er die Kugel postum erhalten hat. Es war die Kugel die bei Hannes durch die Schulter ging, diese landete beim sitzenden toten Heinz in der Brust.
Phil steht engumschlungen mit Chen am Lagerfeuer. Die feuerfunken treiben hoch in den klaren Sternenhimmel. Das Holz knistert und lodert. Angeheitert unterhalten sich seine Gäste freudig untereinander.
„Ich liebe dich!" flüstert er ihr ins Ohr „ Ich dich auch." Küsst sie ihn. „Das Leben ist so schön!" drückt er sie fest an sich.

ENDE

Bibliografische Information der Deutschen Nationalbibliothek: Die Deutsche Nationalbibliothek verzeichnet diese Publikation in der Deutschen Nationalbibliografie; detaillierte bibliografische Daten sind im Internet über dnb.d-nb.de abrufbar.

TWENTYSIX – Der Self-Publishing-Verlag
Eine Kooperation zwischen der Verlagsgruppe Random House und BoD – Books on Demand

© 2018 Nemitz, Uwe

Herstellung und Verlag:
BoD – Books on Demand, Norderstedt

ISBN: 978-3-7407-4446-5